ヨコハマ エスケープ ボーイ
YOKOHAMA ESCAPE BOY

川越喜右衛門
KAWAGOE Kiuemon

文芸社

もくじ

ハガキ

見覚えのある筆跡だった。

シゲハルの指定席は店の奥にある円卓の二時の席で、カフェ「逃亡者」に出入りする客が見える位置。この日も八時十分にこの席に座りモーニングを注文した。

いつも円卓の六時の席にすでに座っているはずの小松千尋《ちひろ》がいない。マスターのKに声をかけた矢先、千尋が笑みを浮かべながら入ってきた。右手の揃えた指先を眉にあてながら一礼する。彼のいつもの挨拶だ。腰元で振り子と化している大きなバッグパックをゆっくりと椅子にかけた。シゲハルの視線を感じるが千尋はいつものように目を合わせずに照れ臭そうに笑う。左手にはシゲハルが二週間前に失くした本を抱えている。

千尋は「山下公園のベンチに置いてあった。たくさんの付箋が貼ってあるのできっとシゲさんのものと思ってさ」と、円卓の上に置いた本をスッーと滑らせた。暗闇から男の拳が突き出した表紙のハードボイルド小説がシゲハルの目の前で止まると「おうおぅ、これこれ、ありがとよ、十六歳」と言いながら白髪交じりのリーゼントを手櫛で整える。これはシゲハルの半年前の還暦の日から始まった上機嫌のサインだ。

ページをパラパラと捲る。すると最終章にとても古いハガキが挟んであった。

「誰かが読んだのか?」

シゲハルは呟くと、そのハガキを手に取った。色褪せたハガキは一九七六年から五年間使われていた二十円の官製ハガキで、消印はない。つまり目的を果たせず四十年以上眠っていて役目を果たしていない、つまり誰かの思い出の品。宛先はNHKのラジオ番組宛てで、差出人にはペンネームが記されている。裏面にはリクエスト曲とメッセージが書かれている。

最初は懐かしさで眺めていたシゲハルの表情が一瞬で曇った。

シゲハルの不自然な仕草を見つけると千尋は「シゲさん、どうしたの? また、右手で下唇を摘んでグイッと引っ張ってを何度も繰り返しているけどさ」と言いながら、癖を真似る。

「いや、これは確かに俺の本だけど、この……ほら、これ、ハガキが紛れていてね、これは俺のものじゃない。誰か拾ってくれた人のものが紛れてしまったんだと思うけど……」

　声がだんだんと小さくなったかと思うと、シゲハルは「うぇっ！」と大声を上げて二時の席を立ち上がった。すると、飲みかけのコーヒーカップが下手な弧を描きながら床へ転がり高い音を立てた。カウンターの客が一瞬こちらを向いたが、大したことはないさ、とでも言いたげにマスターに向かいゆっくりと首を振った。

「千尋、このハガキを早くゴミ箱に捨ててきてくれ、さぁ、早く。いや待て！　こういうのはきちんとお寺さんとか神社に供養してもらわんと祟られても困る。そうだ供養だ。千尋、近くでこのハガキを供養してくれるところをネットで探してくれ。そう、それがいい」

　黒く細いボールペンで書かれた文字だった。癖のある字で横画と縦画が繋がる転折（折れ）の書き方が大きな三角を描きヨットの帆のように見える。

　シゲハルはこの街で郵便配達を三十七年間務めてきた。八〇年代後半から九〇年代に普及したワープロ文字に変わるまで、郵便はほとんどが手書きだった。手書き文字は百人いれば百種類の字体があって、誰が書いた手紙か当時は字体を見るだけでわかったとシゲハルは言った。そして、カウンターからKを呼び寄せると話し始めた。

「これから話すことは、俺のいつものちょいボケでも、元郵便配達員の悪戯でもないことを最初に言っておくぞ。いいか、俺は二週間前に山下公園のベンチにこの本を置き忘れた。すぐに気づいて戻ってみたが見つからなかった。そして今、千尋が見つけてここに本が戻ってきた。いいか、ここからが問題だ。本の中にこのハガキが挟んであって、これは俺の物ではない。おそらく誰かがこの本を読んだ時に栞代わりに使ったか、それとも何かのメッセージなのか。いや、実はそんなことはどうでもいいんだ。この筆跡に見覚えがあるんだ。驚くなよ、この字は石川町の宝湯の倅《せがれ》、俺たちの二つ下の、あの辰男の書いた字なんだよ」

Kは驚いた様子でハガキをシゲハルの右手から奪い取り、「辰男って、もしかしてあの青山ロバートか？　本当に奴の字なのかよ？　でもどうしてそれがここに？　奴が亡くなってもう三十年は経っているだろうよ？　それが本当なら少し気味悪いな」

と矢継ぎ早に聞いた。

「だからこんなに俺も驚いているんだよ。この官製ハガキは俺が郵便配達を始めた一九八一年の一月まで使われていたものだから、奴が高校の頃に投函した、いや、消印がないから、投函するつもりだったものってことになる」

「僕には宝湯しか知っていない名詞が出てこないですけど……」と言う千尋の言葉を遮り、シゲハルが今度は小声で話し始めた。

「このハガキを書いた男は、田中辰男。石川町の駅前の、最近取り壊した宝湯の次男で、俺たちと小学校と中学校が一緒で学年は二つ下。入学して最初にボンタン穿いて、誰よりも早く番長後藤からボコボコにされる洗礼を受けて、あの学年では煙草も喧嘩も一番早く覚えて……でも頭は良かったな。それと歌とギターが抜群に上手かった。そう、音楽室で俺が井上陽水の、イーマイナーとエーマイナーだけでできた曲、何だったっけなぁ、……そう、『四つ葉のクローバー』を女子の前で歌っていた時にやってきて、通販で買ったばかりのトーマスのギターを奪い取って未知のセブンスコードを使ったビートルズメドレーを始めたんだ。歌詞はもちろん英語さ。『イエスタデイ』から始まって『ゲット・バック』でノリノリにさせて、『ヘイ・ジュード』歌いながら教室の向こうの夕日の中に消えていったよ。泣いている女子もいたな、確か。嘘じゃないさ、なんか上手くて、それよりも一生懸命で情熱的で何かが伝わってきたよ。そんな誰かの歌声を目の前で聞いたのは初めてだったな。K、お前も覚えているだろ辰男のことさぁ？」

シゲハルの問いに、Kは頷いた。

「辰男は渋谷の私立高校に進学して、世田谷あたりに部屋借りて、何度もライブハウスに出たりして、高三の頃にプロデビューしたんだよ。それが芸名『青山ロバート』。それでな千尋、もうたぶん時効だから話してやるけど……」

シゲハルの言葉を遮って、千尋はスマホからウィキのデータを読み上げた。

「青山ロバート、一九六五年生まれ。管理的な社会に対する反骨精神を歌にして多くの若者から熱狂的な支持を得たシンガーソングライター。デビューからの十年間で百曲超の楽曲を発表、シングル・アルバムの累計売上枚数は一千万枚を超えた。公表されているのは生年月日と音楽活動歴のみで誕生地や経歴など一切非公表。一九九二年死没……って、これがその辰男さんなのですか？　スゲー。で、辰男さんのことを知っているこの街の人たちは青山ロバートが田中辰男だったってことをずっと隠しているんですね。なるほど～。でも、本題に戻りますけど、筆跡が間違いないものだと仮定して、もう亡くなった人が山下公園に現れて誰かの読みかけの本を最終章から一気に読んでその余韻を味わいながら本を閉じ、栞に使っていた大事なハガキを忘れたっていうのはやっぱり考えにくく、やはり家族やファンが昔どこかで手に入れ長い間大事に持っていた宝物かもしれないですよ。それにほら、ウェブオークションで青山ロバートのサイン入りのレコード三十万円って金額ついていますし」と十六歳のもっともらしい考察に、シゲハルとKの盛り上がりは一気に冷めた。

「そうだな、少年、いや名推理なので青年に昇格する。とにかくこのハガキは持ち主に返さなあかんから、捜索開始。Kは現場の聞き込みから開始してくれ」

Kはシゲハルの幼馴染で高校までが一緒。名前は加藤恵というが、これまで散々女子と間違えられたため自らアルファベットのKと名乗っている。高校卒業後、警察官となり地元交番に三十七年間勤め、シゲハルと同じ年に早期退官。山下公園通りから一本入った築百年近いアンティークなビルの一階で「逃亡者」というカフェを営む。ここはシゲハルたち常連の溜まり場だ。千尋は十六歳、最も若い常連。賊が押し入った時の弾除けに、入り口に近い円卓の六時の席の使用が許されている。許したのは十二時の席の常連である千尋の父マロ。彼も今年還暦の幼馴染だが、国際的なヴァイオリニスト。横浜山手の住民を象徴する紳士で、いつもシゲハルたちの自慢の存在。還暦を機に楽団を勇退、演奏活動もセーブして最近の出席率も高い。彼が来るとKがSNSに投稿する。すると一時間後にはファンの女性たちで「逃亡者」は満席状態。風が吹けば桶屋が儲かる方式にKがほくそ笑んでいるのを見てマロは苦笑いする。

入浸り

「逃亡者」の開店から閉店まで、千尋は毎日六時の位置でカチャカチャと延々とプログラムに勤しむ。正式な職業は通信制の高校一年生。春に中学を卒業して、マロの鬼嫁（母親）の猛反発を喰らうも路線変更に成功。大学を目指すか、そもそも将来の自分に学歴が必要か、その先の人生のコースもすべて思案中の早期モラトリアム実施中。社会からはあと二年で成人というプレッシャーをかけられながらも〈とりあえずこの状態で勘弁〉、これが本当に心地よいと感じている。「ＡＩの普及で将来こんな仕事がどんどん消えていくよ」的なＴＸＴがリピート配信され、「じゃあその仕事に就きたかった僕は大人になって何をすればいいの？　それに代わる夢や職業を社会は用意してくれるのか？」という質問に回答するアプリを開発中だ。そのアプリが必要な時代が来るかはわからないが、発明家千尋の時代はきっと来るのではないかというのが「逃亡者」の常連の共通の認識で、それが六時の指定席の存在理由だ。

彼の皆勤のもう一つの理由としてアルバイトの千葉京子の存在があった。彼女の父は横須賀基地で働いていた黒人兵だったが幼い頃に離別し、元町でパン職人として働く母と二人で暮らしている。彼女のドレッドな髪型が中学校の校則に議論を投げかけたことがあったが、文化とか道徳と言う言葉で解決され、休みがちだった京子が毎日学校へ来るようになったことを千尋は覚えている。千尋は彼女と中学まで一緒、部活も科学部で京子部長と千尋副部長だった。彼女は現在三ツ沢の高校に通っていて、週に三日この店でアルバイトをしている。土日はフルタイム勤務なので、千尋の楽しみの一つ。千尋は服装には全く興味がない男だが、彼女の出る日は続けて同じ色を着ないように努力した。これにはマロの鬼嫁も相当に驚いている。周りの冷やかしに千尋は「まあ、初恋という奇妙な情動の変化を興味深く観察しているだけ。中学を卒業して、京子が髪形をショートに変えたタイミングにその変化は訪れ、時折僕の五感が支配されたような感覚に陥るから不思議だ」と答える。

二人が所属していた中学校の科学部は、プログラミングの基本技術やその理論を学ぶだけで、学研の付録のようなただ動きを観察するのみのアプリの開発に始終した。

それが悪いというのではないが、プログラミング言語のパイソンを習得するまでの役には立った気がする。中二の時、母親の誕生日にスマホのインカメラを使い眉毛書きができる「ママ眉毛」を開発した。インカメラの画像に母の顔と理想の眉毛ラインが表示され、スマホを手鏡として使いながら表示された眉毛ラインに沿って眉毛を書き上げるというものだった。ネットでは同様のアプリの公開もすでにあったが、このアプリはカメラの動きに合わせて眉毛ラインも動くようにプログラムしており、移動中の車内でも使用可能とした。母は大喜びで昼間であるにもかかわらずクレンジングオイルで眉毛をマジシャンのようにひと拭きで消し、何の躊躇《ためら》いもなく理想の眉毛ナンバーワンの北川景子コースを選んだ。そしてアイブローを振りかざすと自慢の右目の眉から描き始め、一気に左眉の輪郭まで仕上げていった。「ど～ぉ？」と母が振り向いた瞬間に、父が飲みかけの牛乳を火山のように噴き出した。そしてひと言も発することなく腹を抱えて大笑い。母は何度もスマホを覗き込み、何がおかしいのよと脹れている。この時の母の眉毛は十時十分の形。兜の鍬形、あるいはカブトムシの角のようで、まるで鬼の眉だった。理由は簡単、遠近両用の眼鏡をかけたまま眉を描いたからだ。近くは近く表示され、遠くはもっと遠くに見える。「遠近両用眼鏡かけたまま描くとこうなるんだよ。これは注意事項のボタンを押すとTXT（テキスト）が出てくるようにしていたし、実際に北川景子が遠近両用の眼鏡をかけたままやっても鬼の形相になるんだよ、母さん」

「後ろから見ていたけど、なんだか眉尻を描く手がやたらと上に向かってて……想像したのはバッタの触覚だったけど、実際に現れたのは鬼だった」と、父の笑い声はまだまだ止まらない。

昨年は一部の社会的な評価をもらったアプリ「ここだニャン」の開発にも成功した。

＊

「ここだニャン」

昔の郵便配達や交番のお巡りさんもよく迷子の猫探しをやっていたとシゲさんとKさんに聞いたことがあったけど、自分が猫探しをするとは思いもしなかった。開発の発端は、庭が公園のように広い家から飼い猫が行方不明になったことだった。あんな豪邸で何不自由なく暮らしていて何の不満があって家出するのかとその猫の気持ちが理解できなかったが、あの家のお婆さんからは毎年ハロウィンにお菓子をもらった覚えがあるので、昔で言うところのＩＴ（インフォメーションテクノロジー）、今でいうＡＩ（アーティフィシャル インテリジェンス）を駆使して猫探しアプリ作ってみた。その頃ちょうどスマホの赤外線を使って、樹木の樹液が振動した際に出る音を時間を遡って再生できるアプリを作っていて、でも残念ながら過去といっても数分から十分程度のものだったけれど、そのアプリと、猫がニャーニャーと常に何かしゃべりながら歩く特性と、樹木の多い山手の街という三つの条件がぴったりと一致した。「ここだニャン」にお婆さんのスマホに保存されていた猫の声をサンプリング。あとは赤外線を使って付近の樹木の樹液に同じ音が記録されていないかを探すという簡単な仕組みだ。お婆さんの家は山手公園のそばにある。山手公園は、樹液が音を記録することを発見した場所で、テニスのラリーの残されたボールの音を大きなアメリカスギの樹液から見つけてこの開発を始めた場所だった。

バス通りの山手本通りを猫が散歩しているのはこれまで見たことがないので、元町小学校から横浜雙葉を抜け、ビアザケ通りの坂道を登った。そして山手ハウスに差し掛かった時、「ここだニャン」のアラートが突然鳴った。これは数分前に目標が通過した証だ。慎重に次の樹木を特定し、鳴き声を確認しながら進んだ。あとは音の発生時間差を縮めながら目標に追いつけばいい。まだ十六歳という未熟な騎士が全身全霊をかけて「ここだニャン」の手綱を握る。そしてアラートはブリキのおもちゃ博物館で最大値を記録した。博物館の裏庭には樹齢百年を超える大きなアメリカスギがあった。直径一メートルはあるアメリカスギの根元でクルクルと時計回りに回る真っ白い毛むくじゃらの物体を発見！　毛むくじゃらの頭部はその自らの白い尻尾の先を永遠に追いかけているようで、幸い僕の存在に全く気づいていない。でもその動きはあまりに速く、僕は動画を撮り、スロー再生して手配書の似顔絵との一致を確認した。発見したエビデンスは撮影済み。さて、これからどうする？　手配書のお婆さんの連絡先は、SNSもQRコードも載ってない。「電話なかぐろファクシミリ（原文ママ）」と書かれた番号に、アメリカスギのマフラーみたいな画像とグーグルのマップ、それに〈マリーちゃん見つかったのですぐに来て〉とTXTを入力しFAX送信してみた。するとすぐにお婆さんから電話があった。

「あたくしの電動シニアカーの速度4ではそちらまで五分で着きますわ。だからマリーちゃんをそれまであ〜たのお膝の上にしばらくいさせてあげてくださいますぅ？」

いや実は僕、と言いかけたところで電話はプツリと切れた。参りました。僕はこの歳になるまで猫に触ったことがない。嫌いとか怖いとかアレルギーとかではなく、猫とコミュニケーションをとる機会が一度もなかったのだ。通りすがりに塀の上の猫と何度か目が合ったくらい。意思疎通もなしに初めて会った僕の膝の上にホイホイと乗ってくるとは思えないし、そもそも逃走中の猫が見知らぬ人のもとに餌もなしに……餌？　そうか、餌で膝の上までおびき寄せる、「逃走中の猫は腹ペコに決まっている」と考えた僕は、京子にLINEで〈大至急ブリキのおもちゃ博物館に猫餌持ってきて〉と送信するとすぐに〈どしたの？〉と返信があった。

〈いや実は今山手公園の隣の家の行方不明のほにゃらほにゃらでほにゃららで〉と入力していると、山手本通りの教会のほうからギーギギーンと超昔のママチャリタイプの自転車のブレーキ音が近づいてきた。すると猫の動きが一瞬止まり、その猫の視線の向こうに京子が息を切らして立っていた。

「ねぇ、千尋。大至急って何なのよ。私今テレビで駅伝見ていたんだから。あれって今どきテレビでしか中継見られないからさ、勘弁してよ、まったく……もう帰るわ」

そう言って、彼女は僕に鹿の角を手渡した。

（鹿の角？　これはこのブリキのおもちゃ博物館の看板犬ロビーの最強おやつ？）

と思った次の瞬間、ロビーが一目散に駆け寄ってきた。驚いたのは僕よりもマリーちゃんのほうで、博物館の隣にあるホビーショップの中に一目散に逃げ込み、無数のサンタクロースの人形に笑われたのか大暴れ。まさに気体分子の運動さながらのパニック状態だった。ところがそこへ電動シニアカーのクラクションがピピピと鳴ると、マリーちゃんは一瞬で平静を取り戻し、モデルのような歩き方で尻尾を優雅に振りながら千尋の前を通り過ぎ、ピョンとジャンプするとお婆さんの膝の上で「やっぱりここが一番」とでも言うように身体を丸めた。

マリーちゃんが暴れたとはいえ、僕の鹿の角が発端で、ホビーショップは大損害。いや京子にまでその責任を問われたらどうしようと青ざめていると、お婆さんはオーナーを見つけ「大人の事情会議」で一件落着。マリーちゃんのお婆さんは山手の自治会会長で、後日僕は自治会から感謝状をもらった。

その後、マリーちゃんはまた逃走したようで捜索依頼があったが、お婆さんのスマホに「ここだニャン」をインストールすると、お婆さんは「あたくしが自分で見つけろって、あ～たおっしゃるの？　これ使って？　あたくしにできるかしら」と言いながら電動シニアカーで去っていった。

聞き取り

シゲハルはハガキを持って石川町の駅前の川端製麺所を訪れた。製麺所は、一年前に取り壊した宝湯の隣にある。シゲハル自身も十年前はこの地区を配達しており、よく知った街だ。

「中華街に麺を卸しているがコロナは散々だったよ、でも今はインバウンドで少し戻ったかな」と、製麺所の社長は昔と変わらぬ笑顔でシゲハルを迎えてくれた。

宝湯は辰男の父親が昨年亡くなり店じまい。母親は鴨川の老人施設に入居したとのことだ。親戚もなかったから、ここにはこの一年、誰も訪ねてくることもないよと語った。それもそうだが今は隣の風呂屋の湿気がないから、麺の水加減が変わってしまってまだ慣れていないとこぼした。

向かいのうなぎ屋がシゲハルにうな丼を運んできた。風呂上がりにビール飲んでウナギつまんで帰る客もいなくなったよと笑った。でも、こうして笑い声の響き合う商店街、これが街の宝だとシゲハルは言った。

シゲハルが席を立つと、例のハガキがポケットから落ちた。拾い上げるうなぎ屋の手が止まり、その視線は手紙から離れない。

「これってもしかして辰男が昔書いた手紙か？」

どうして？　というシゲハルの声に、今度は製麺所の社長が続けた。

「この、ほら差出人の名前〈明日野空〉って人さ、去年宝湯の大将の葬式の時、そう、そこの公民館でな。俺たち受付したんだけど、ホームレスが香典持ってきて、こんな身なりだからって表で手を合わせてすぐに帰った男がいたんだ。香典には明日野空って書かれていて、ほら、宝湯さんに最後のお湯でホームレスの人に無料で入ってもらっていたから、その人かなと思ったけど、二十三万だっけな、香典袋に入っていて、こりゃホームレスじゃないよって話していたら、ちょうど辰男、青山ロバートのファンっていう人がいて〈明日野空〉っていうのは辰男のペンネームだって説明してくれて、そのホームレスもきっと青山ロバートのファンの一人だって言うのよ。それよりもびっくりしたのが、辰男の実家がここだってファンの人にはバレていて、そう五十人近く弔問に来たかな。中にはギター持ち込んで辰男の歌をうたい始めて、皆合唱して。辰男が亡くなって三十年以上になるのに、こうやって集まってくれて大将も嬉しかったと思うよ。まあ奥さんは認知症が進んでいたから心配だっただろうけど。まあ今は毎日鴨川で海見ながらのんびり過ごしているって町会長の奥さんが言っていたよ。まあ、そのホームレスはやっぱり熱烈なファンの一人だろうよ、だって辰男は生きているわけないいからさ」

本日貸し切り

八時の席と十時の席のメンバーは、最近なんだか様子がおかしいと思っていた。去年のクリスマス辺りから千穂さんは「島田さん」って呼んでいたのが、「元ちゃん」になったし、ここに来てもいつも二人だけで話しているし、時々ピーマンとトマトを交換しているし、会話も言葉でなくてLINEでコソコソやっているのが六時の僕の席から見え見えだし、先週くらいから八時と十時がお互い九時に限りなく近寄っているし、恋愛未経験の僕でもわかるくらい真っ赤なハートが連打されている雰囲気だ。

元さんのことは、ゲンと僕らは呼んでいるけど島田元《はじめ》という名前で、大岡川に面した「野毛うどん」の息子。もうすぐ四十歳で市役所のみどり課勤務。僕が中学生の頃は週二で七時に座って家庭教師をしてくれていた。元さんの声は柔らかでゆっくりで母音の音感がやたらと心地よくて、そう、すぐに眠くなってしまう。だから歴史も文法も全く覚えていません。ごめんなさい。でも、元さんは僕のプログラミングの師匠。大昔のCOBOLやBASIC、C++、Python、PHP、Java、Parlともう何でも知っていて、何でも教えてくれる。今の時代、一番世の中が必要としている人だと思う。元さんが八時にいなければ僕の「ここだニャン」は存在せず、ホビーショップでマリーちゃんが大暴れすることもなかったと思う。

一方、十時の席の常連はハマの美女本村千穂さん。千穂さんは元さんと同じ市役所勤務、英語が得意で国際局で働いている。活舌が良く女子アナみたいなイメージ。でも実は東北出身の千穂さんはアクセントに今も苦労しているらしい。アクセントが難しいから将来は英語を使う仕事に就きたくて猛勉強をしたそうだ。千穂さんが横浜に越してきたのは二〇一一年、東日本大震災の年。千穂さんは中三の時に石巻で被災し、ご両親が犠牲になった。親戚が医院を開いている横浜山手で暮らし始めて、楽しみは全国各地に離れ離れに避難した友達からの手紙だったそうだ。高校に入ったら携帯を持つ予定だったから、中学の間はみんなと手紙で連絡取り合っていたって、いくつもの手紙の束の写真を見せてもらったことがある。「毎日お昼の五分前、ビアザケ通りの急な坂道を一気に駆け上がってくる郵便配達のバイクの音が楽しみでならなかった」って言っていた。そのバイクで手紙を届けていたのがシゲさんで、千穂さんはシゲさんを心の中で「サンタさん」と呼んでいたそうだ。

驚いたのは、この日千穂さんの左手薬指にキラリと光るものがあるのを発見したためだ。まだ僕も十六歳だし、あまりそんなシーンに出くわしたことがないのですが、これは「婚約」を意味するのではないか——思いを巡らせていると、十二時と二時の初老の男と一時の方向に立つ元警察官の視線を感じた。

元警察官「千尋、うなぎ屋と製麺所の社長の証言で、身内の線は消えたぞ」
シゲハル「そう、だから熱狂的なファンの仕業かもしれない。何とかホシを見つけ出す方法を考えてくれるか」
（その時、十二時の黒電話がけたたましい音をたて鳴った。眉間にしわを寄せたマロが受話器を上げる）
マロ「（低いトーンで）はい横浜警察。……何？　うなぎ屋の大将が？　わかった。すぐに行く」

シゲハル「どうした？　何が起こった？」
マロ「俺もうなぎ食べたくなってウーバー頼んだんだけど、ここがわからないって言うから……。千尋、県民ホールの駐車場にいるらしいからちょっと行ってきてくれよ」
千尋「横浜警察の名前で頼んで『逃亡者』に配達って、ウーバーじゃなくてもそりゃ迷うと思うけど、ウナギ冷めちゃうから迎えに行ってきますけど。やれやれ」

＊

Ｋが店のドアに「本日貸し切り」の札を掛けて、四時の席に腰を下ろした。京子がフロアのテーブルから椅子を運んできて五時に座ったので、六時の千尋は六時半まで移動した。そう。肘が触れるか触れないかの距離、これまで味わったことのないドキドキと、しばらく時間が止まってもいいかな的な幸福感を味わっていると、「千尋、もうちょっと向こう行けない？　ほら肘が当たっているし」とつれない言葉が飛んできた。

円卓で七人がおそらく無意識に「ウナギ美味《うま》い」を対角線にピンポンしている幸せな時間が交差している。すると突如、千穂さんと元さんが顔を見合わせ大声で泣き始めた。

「ウナギがそんなにおいしいか？　そうか、こんなに美味いウナギは初めてか？　わかった、さぁ、俺の分も食え。腹いっぱい食え」

　とシゲハルが声をかける。

「いえ、違うんです。僕たち二人とも青山ロバートのファンなんです。去年のライブフィルムコンサートにも行きました。父の持っていたレコードがきっかけで、千穂さんは僕がカラオケで歌ったのがはじまりで。二人でここ数日は全く外からの音が入ってこなくて、それで、宝湯の息子さんが青山ロバートでこの街出身っていうのは本当ですか？　もう驚きでしかないのですが、父から何も聞いていませんし、みんなこの街の人は知っているんですか？　もしかして千尋も知っているの？」

　元と千穂の浦島太郎的な発言にも皆驚いたが、千尋がその原因は左手薬指の指輪にあると言うと、二人は頬を染めながら婚約したことを白状し、だから最近ここであったことは何も覚えていないと元が言う。皆が「おめでとう！」と順番にそれも最高の笑顔で祝福したが、二人は見つめ合い、ハガキの持ち主が見つかるまで額に入れてここに飾るほうが絶対いいと頷き合い、裏面と表面のどちらを見せるかしばらく二人だけの世界で話し合い、円卓の時はいつまでも九時で止まったままだった。千尋はインターネットオークションでサイン入りのレコードジャケットが高額で取引されているのを見つけ、オークションで公開すれば「それ俺のだけど！」と所有者が簡単に見つかるのではと提案し、九時以外の席で皆賛成したのでそのようにすることとした。

あのハガキをインターネットオークションに出品して一週間が経とうとしていた。商品の真贋に関する問い合わせが多かった。当時の鉛筆書きの作詞ノートがいくつか公開されていて、それとこれを素人解析したファンが「青山本人のじゃねぇ？」とSNSでひと言呟くと、ファンのコミュニティに瞬く間に拡散、二十円のハガキに十一万一千円の値が付いた。これを受けてシゲハルも日々の郵便配達で熟成させた文字鑑定能力、目利きを鼻にかけた。

「シゲさん、何？　さっきからそのどや顔。入札はあっても、本来目的の落とし主は現れませんが、どうしましょう」

千尋が尋ねると、「それは君に与えられた使命だろう！　獲物を捕らえ、勇者となって帰ってくるんだ」などと言いながら、今から読み始めるのは村上春樹の新刊だから静かにしていろと少年を宥めた。するとKが千尋の肩を抱き、少年の耳元で何やらささやいている。少年は何度も頷いた。その様子を何度か横目で見ていたシゲハルは「チェッ」と大きな舌打ちをした後、二人の会話に入ってきた。

「千穂ちゃんが婚約して、姉妹みたいにいつも黄色い声出してはしゃいでた京子ちゃんの元気がないって話だろ？　俺もさ、気づいていたさ。姉が嫁に行く妹の心境なんじゃない。まあでもあの二人仲いいからな」

「聞こえていたのか？　俺たちの会話が」とKが言うので、シゲハルは地獄耳だからと返したが、二人が話していたのは千尋がバイク免許の試験を三度も落ちて、もう二俣川には行きたくないという話だったので二人は顔を見合わせて微笑んだ。

○今日のランチ「カニクリームコロッケとデミグラハンバーグ」八〇〇円

　Kが表の看板に白いチョークでランチメニューを書き入れた。十一時を少し過ぎた頃だった。空はよく晴れていて、マリンタワーの展望台に多くの人がはっきりと見える。プチトマトの在庫が頭をよぎり、なければ千尋に買ってきてもらうかと思いながら店に戻ろうと振り返ると水町通りの遥か先、シルクセンターの脇を全速力で走るカラフルな物体がKの目に入った。最近は目を細めないとあんな遠くのものは見えないが、上から青・黄・赤の縦信号機のような着物を纏った女走りの男が駆けてくる。一瞬何かの撮影かと思ったが、「K〜〜！」と叫び男は手を振った。小学生が使った絵の具のパレットみたいなカラフルな化粧の顔がだんだんと近づいてくる。男が「K〜〜！」と再び叫ぶと、その声は何度もビルの間を足音とともにこだました。

出没

この日、ランチタイムにはふさわしくない出で立ちで登場したのはキャサリンだった。

「もう〜大変よ〜。辰男よ、辰男。ハーモニカ横丁に田中辰男のお化けが出たのよ。今朝もそう、一時間前に見た。だから元警官のあんたに何とかしてもらおうと思って、もう、走ってきたのよ。今日は彼氏の誕生日だから温泉センター行ってのんびり芝居見るつもりだったけど、それどころじゃないわ。ねぇ、マロもシゲさんも店の中にいるでしょ？　入るわよ」

　キャサリンは野毛のハーモニカ横丁でマドンナという焼鳥屋を営んでいる女装家だ。カウンターの奥に中学校の卒業アルバムがあって、父とシゲさんとKさんの、そう、ちょうど僕の年の頃の写真が載っている。父の横に鈴木公太という体重が一二〇キロを超える大きな丸刈りの少年がいて、それがキャサリンだと聞いたことがある。体育大学を出て赴任したばかりの筋肉質な九州出身の教師に恋をして卒業式に告白をしたら、お前の根性を入れなおすとか言われ、その場でプールに背負い投げ。「もう絶対痩せてやる！」と誓って脂肪の代わりに手に入れたのが女装の魅力だったそうで、あれから四十年、大岡川の袂で焼鳥焼いているちょっと変わった同級生だって父が教えてくれたことがある。しかし、今日のコスチュームも変だと僕は思う。いくら開店時間が深夜だからってこの国旗みたいな着物とマーブルチョコみたいな色合いの化粧でお客さんは来ないと思うな。怖いもの見たさで逆に楽しめるかもしれないけど、でも人は酔っぱらうと目が回るって言うから、カラフルど派手な髭おやじが大人にとってはほどよいのかもしれない。

「辰男が初めて来たのは……そうね、一か月前。それから二日か三日に一度来るようになった。最初は辰男だって全然気づかなかったわ。だって身なりはホームレスなのよ。伸び放題の髭と髪、もう何か月も着古した服とジーンズ、そう、右足と左足のスニーカーは色もサイズも違っていた。パンパンに膨らんだバックパックにビニール傘を巻き付けていてさ。でもレンズの綺麗な眼鏡をかけていて、この生活はあまり長くないんじゃないかとも思った。いつもお昼の三時か四時頃、ちょうど仕込みを始めた時間に弱々しいノックの音が聞こえるから開けると、辰男が立っていて、何話しても返事もせず、表情も変えないし、目も合わせない。一合酒を差し出すと一気に飲み干して、ゆっくりと一礼して店を出ていくの。まあお店やっているとよくある話で、そんな日はお客さんの入りも多いのよ、不思議と。

で、ある日店を閉めようと支度していたら、入り口の盛り塩が新しくなっていたの。それから辰男は、来るたびに盛り塩を新しくしてくれている。そう、それで新規のお客さんも増えたのよ。一昨日来た時に盛り塩のお礼を言って、たまにはお風呂入って洗濯もしなさいっていくらか渡したのよ。何もしゃべらなかったけどニコリと笑って帰っていった。その辰男が昨日髪も髭もすっきりした姿でやってきたのよ。『あ～らお兄さん、やっぱり思った通りのいい男じゃない』って声かけたら、恥ずかしそうに俯いて足元ばかり見ているのよ。昨日は焼鳥と一合酒をカウンターで食べたの。でも焼鳥は一本だけ食べて袋に入れてバックパックに仕舞った。『今日はいくらでも食べていいのよ、私のおごりだから』って言ったら、また下向いて今度はシクシク泣き始めたのよ。その仕草に私びっくりしちゃって、ほら、泣く時に眼鏡を左手で上にあげて、右手の人差し指と中指で左右の目頭を押さえる仕草、これってほら中学の時、番長後藤が辰男をボコボコにした時、私たちが助けてやったことあるでしょ。その時悔しいって言って目頭を二本の指でこう、ね……、あの辰男の癖、思い出しちゃったのよ。それで、『もしかしてあんた辰男？』って聞いたら逃げ出して、イセザキモールを追いかけたんだけど、ドンキの所で見失ったのよ。そして、その足でここまで来たって話よ」

僕は「逃亡者」のグループラインに、このキャサリンの千六百文字の話をＡＩで二百字に要約するコマンドを書いて送信したが、市役所で公務中の元さんから「その格好で実家にうどんを食べに来てくれるのはいいけど、香水の匂いは勘弁してくれと言ってくれ」と即時返信があり、同じく公務中の千穂さんからは「本当なら青山ロバートにすぐにでも会いたい」と返信があった。京子はたぶん四時間目の授業中なので、返信があるとすれば昼休みだろう。

僕は、亡くなった辰男さんが書いた手紙を偶然その昔の友達が手にしたことと、たまたま癖まで辰男さんに似ているホームレスが女装家のやさしさに恐れおののいて逃げた二つの事実が同時進行しているだけと考えているのだけれども、間違った解釈だろうか？

それから一週間ほどして、空席だった四時の席に僕よりも早く、Kさんが看板を出すタイミングで着席する男の人がいた。シゲさんが言った言葉を思い出す。

「物語は想像で描くから想像を超える作品に出合えることはなかなかない。毎日報道される事件や事故といった悲しい現実はどれも想像を超えるもので信じられないものばかり。だから想像と現実の境界で語られる物語に俺はいつまでも魅力を感じる」

——シゲさんのＩＦ文は十六歳の僕にはまだ理解できないが、四時に座っている人はたぶんあの辰男さんだ。とりあえずその〝たぶん辰男さん〟に挨拶をしなければいけない。そうだ、Ｋさんが現われて「彼が辰男だよ」とか言って紹介してくれれば、スムーズに次のページに進めると思った。でもＫさんはたった今ポンパドウルへパンを仕入れに行ったばかりだ。キャサリンの言っていたヨレヨレの服も破れたジーンズも色違いのスニーカーも履いていない。髪はロン毛だが、サラサラと風になびくようで清潔感さえある。いや、眼鏡をかけているから、やっぱり辰男さんなのだろうか？　泣き出すと二本の指で目頭を押さえる癖を確認するために僕がストーリーを考えなければいけないのだろうか？　いやそもそもどうして辰男さんがここにいるのか？　だとしたら亡くなったのは誰なのか？　大人はきっと大人の事情とか言って言葉を濁して教えてくれないんだ。しかし四時の、〝たぶん辰男さん〟と六時の僕は、距離が近すぎる。だめだ、挨拶しなきゃ、僕ももう十六歳だ、あと二年で成人だ。がんばれ千尋。何でもいい、早くしないと子供だと見透かされてしまう。う〜ん、そうだ！　ハガキには辰男さんを決定づける筆跡があった。横画と縦画が繋がる転折（折れ）の書き方が大きな三角を描きヨットの帆のようだったら辰男さんということになる。そう、筆跡鑑定だ。待て、でもどうやって鑑定までこぎつけるのよ。そのシナリオはどうする？

僕は更衣室にかかった京子のエプロンをして、オーダー票とボールペンを手にして〝たぶん辰男さん〟の座る四時に向かった。そして、白いオーダー票に（いらっしゃいませ　ご注文は？）と震える手でゆっくりと書いて、〝たぶん辰男さん〟に見せた。よし、いいぞ、ここまではすべてうまくいっていると思う。すると〝たぶん辰男さん〟

は不思議と驚いたそぶりも見せずに（こーひー）と書いた。やられた！　ひらがなじゃわからん。僕はすかさず（お砂糖とミルクは？）と書いた。〃たぶん辰男さん〃は（ブラックで）と返し、僕の罠にまんまと引っかかった。よく見ると、ブもラもクも見事に転折が三角、まるで三艘のヨットの帆が波間を揃って駆け抜けていくように見えるぞ！　どうだ参ったか！　とりあえず一勝だと安堵する。僕はカウンターのコーヒーサーバーから恵ブレンドをカップに注ぎテーブルに向かった。実はここまでは良かったのだけれど、勝った負けたではなく冷静に考えると、亡くなったはずの辰男さんであることが確認できたということで、それは科学的な事実確認ができたということで、亡くなったというのはそもそも嘘で——という前提がない僕にとって、それは信じがたく、ゼロとイチに置き換えられない非科学的な事項は条件としては成り立たない。すると〃たぶん辰男さん〃から〃辰男さん〃に変わった四時の席が急にぼんやり見えはじめ、コーヒーカップがソーサーとカタカタと喧嘩を始めたかと思うと、次の瞬間僕の手元から宙を舞って、僕は四時の席に倒れ込んでしまった。熱い！　僕はコーヒーが胸元にしみ込んだ刺激で一瞬声を上げた。その時、眼の前に見えたのは僕を覗き込む辰男さんの丸い眼鏡で、そこにはムンクの叫びのような表情の僕がレンズに映っていて再び僕は気を失ってしまった。

目が覚めたのは閉店間近の午後九時、いい匂いが一瞬して、それを追うように身体を自然に起こした。京子は、僕がしていたはずのエプロンを着けて店の片づけをしている。僕はコーヒーをこぼした朝から今までここで寝ていたそうで、皆が集まり、この日にここで起きたことを教えてくれた。

それは〝青山ロバートが語る衝撃の真実、そして歩んだその奇跡とは〟という内容だった。辰男さん自らが過去を語り、皆その言葉に涙し、これからの青山ロバートのために何かしようという結論になったと京子は教えてくれた。

「ゲームばっかりやって寝不足なんじゃないの？　まだまだガキね」と冷めたワードを付け加えたが、たぶん京子の選んだ言葉からすると、本当に僕を心配しているのだと思う。ゲームはやめられないけど。それに、ガキは余計だし。でも京子、僕はただ眠っていたわけじゃないんだよ、夢を見ていたんだよ。発明夢だ、さぁ、聞いてくれ。

高所恐怖症の僕がコスモワールドの観覧車に何のためらいもなく乗り込むことができたのは、昼間だというのに遊園地に人の姿がなく、歓声も驚きも喜びも全く無音の状態だったからだ。しかし、アトラクションはキラキラと輝きながらも主人公の登場を待っている、いわば貸し切り状態、僕一人がいる遊園地。

僕は、とある実験を思いついたんだ。重力に逆らうと、過去でも未来でもない場所に行けるっていうことを。知っていると思うけど地球の円周は約四万キロ、これを一日二十四時間で一周している。一時間に約一六六六キロメートル、一分間に約二七キロメートル、一秒間に約四六三メートル、重力がなければここで一秒間ジャンプすると日本大通りの「グーツ」の辺りに移動している計算になる。それを証明するために観覧車に乗った。このコスモクロックは全高約一一二・五メートル、約十五分で一周する。重力がなければこの十五分後に西に約四一六キロメートル先の土を踏むはずだ。今回は「ボケ門号」っていうオンラインゲームでフレンドの、京都府福知山市在住のササキキクさん八十五歳に、この定点からの観測をお願いした。実験内容は簡単で、観覧車乗車時の太陽の角度と十五分後のササキキクさんの太陽の角度を比較するもの。LINEのビデオ通話では、キクさんは自分の顔ばかり映して太陽を写してくれないので焦ったが、角度は計算通り、僕は重力に逆らった移動を体験できた。これは将来、そうだな……時差ぼけ解消アプリとかに運用できるのではと思っている。でも、夢って、その時のストレスとか不安とかが反映されるって聞いたことがある。そう考えると、発明夢とばかりは喜んでいられない現実が夢の中にあり、それが辰男さんの件で、亡くなったとされていた二十六歳から今の五十八歳までの三十二年間で一日四万キロとすると総移動距離は四億六七二〇万キロメートル。一億五〇〇〇万キロの太陽を飛び越えて、二億三〇〇〇万キロ先の火星に行って帰ってきたくらいの経験値を得たことになる。辰男さんの非科学的なひょっこり出現は、僕にとって科学的な実証対象になりえると確信したところで、京子に「お客さん、終点三崎口ですよ」と起こされた。

僕は帰り道、日本大通りの「グーツ」で沢庵と塩サバの入った爆弾おにぎりをご馳走する約束で京子を誘った。気を失っていた間の議事録が見たいということもあったけど、「たまには二人で」という大人びたセリフを言ってみるのもいいかと想像していたためだ。しかし、グーツの前のテラス席は大人のカップルで溢れ、「僕の彼女さん」「私の彼ピ」を互いに見せ合いながら、港の汽笛の音量を越えない程度の静けさをキープして囁き合い、時におにぎりを頬張る僕ら二人に舐めるような視線を送ってきた。でも京子は全くそういうのに無頓着な女子で、逆に僕のほうが京子の匂いに敏感な分だけ、大人が引いた線に最初は片足を入れていたが、いつの間にか両足は京子と同じ子供チームの中に揃えていた。

「辰男さんって昔すごい人だったんだって。なんだか普通のおじさんに見ていたからびっくりした。私たちが生まれる前だから、大ヒットしたミュージシャンって言われてもわからないしね。でも声や喋り方もなんか違っているような気がした。目も合わなかったけど、なんかずっと見ていたくなるっていうか、見とれるっていうのとは違うけど、あれが芸能人のオーラっていうやつなのかなぁ」

「で、結局どうして死んだことになっていたの？　そしてどうして今頃出てきたの？この三十年どこで何をしていたの？」と僕が尋ねると、待ってましたとばかりに京子は一気にまくし立てた。

「本当はね、亡くなったのは青山ロバートの影武者をやっていた人なんだって。移動中にファンの追っかけをうまくかわしたり、撮影で危ないシーンの代役だったり、でも、見た目だけじゃなくて声も仕草も瓜二つでスタッフも見間違えるほどだったって。あのバイク事故は自分じゃなく影武者が犠牲になったって言っていた。でも、数時間後テレビや週刊誌が報道したのは自分の死で、代役を指示した自分への責めもあって姿を消したって言ってた。最初はほとぼりが冷めるまでと思っていたけど、逃げたら田中辰男とも青山ロバートとも永遠の別れだって気づいたんだって、それから三十年、追浜の自動車部品を作る工場で石川町の近くの何処とかで知り合った蒲郡公平というホームレスの人の名前を借りて普通に働いていたんだって。今頃出てきたのは、三年前に工場を早期退職して野毛でプラプラしていたらキャサリンに見つかったからで、マスターが交番の後輩に手配したらイセザキモールですぐに見つかって、現在に至るって話」

「影武者⁉　それってそもそも宝湯のお父さんお母さんも悲しむことなんかないってことで、影武者の家族も突然行方不明になった息子を案じることもなかったってことじゃん。影武者の家族は新たに悲しみが生まれるけれど、辰男さんは大変な罪を犯したってことだよね。で、どうするって？」

「どうするって、何を？　辰男さんのこれからの生活ってこと？」

「いや、違うよ。間違ったことをしてきたんだから、その決着っていうか、落とし前っていうか……。僕らもそれを知ってしまったんだから、見過ごすわけにはいかないし、父さんやシゲさんは何て言ってた？　Kさんは法的に問題あるとか言ってなかったの？」

僕はこの日、あわよくば京子に告白を試みるつもりで〈Only two people in the world〉と書かれたTシャツを着ていったが、結局上着を脱ぐこともなかった。

＊

次の日の土曜日、京子が開店前十五分に「逃亡者」へ着くと、三十人ほどの行列ができていた。観光客がモーニングを食べに来たのか、それとも県民ホールでおこなわれる演歌歌手のコンサートのグッズ販売前の時間つぶしに来たのかなと思ったが、それがほとんど五十代くらいの男女という属性で、全員が身体のどこかにアーガイル模様を纏った集団だった。

この集まりを先導したのは元と千穂が婚約を発表したSNSの投稿で、二人の後ろで辰男が微笑んでいる画像が付いていた。

「二人の婚約発表会に、あの青山ロバート（※そっくりさん）が祝福に来てくれました！」という投稿には二万件以上の〝いいね！〟が付き、いわゆる〝バズり〟となった。この投稿についてどう思うかのアンケートもポストされ、「本物ならすぐ行く…

六〇パーセント、偽物でもいい…二五パーセント、とりあえず二人を祝福…二〇パーセント、結果を見ただけ…五パーセント」の結果が出ていた。京子はこの偽物でも見てみたいファンの人が表に並んでいるのではと、分析結果をマスターに伝えた。

ハンドルネーム358氏と名乗る人が〈突撃隊へ〉というタイトルでメッセージをポストすると、三十人の行列のスマホが一斉に着信を告げた。それが通行人の視線を集めると、今度は行列の先頭から順に左手に持ったスマホを順に高く掲げ、「逃亡者」店内のライブ中継が世界に配信された。とはいえ、ライブ画面は連打されたハートの向こうでKが照れているだけのものだったので千尋は今日のランチを写したほうが宣伝になると助言した。

出会い

辰男は明大前駅から京王井の頭線に乗り、駒場東大前駅そばにある高校へ毎日通っている。その日は友人から渋谷の道玄坂に新しいディスコができたからと誘われて、明け方までセンター街で始発を待った。急に渋谷駅に向かう人の流れができて始発電車の訪れを教えてくれた。飲みかけの缶コーヒーの穴の中に両切りタバコを沈めると、シュッと音がした。立ち上がった友人のジーンズに吐き捨てられたガムが付いている。辰男はジッポのスポンジにしみ込んだオイルでそれを拭ってやった。

　渋谷駅の日曜日の始発はさすがに乗客も少なく、辰男は暖められた座席にゆっくりと腰を下ろした。すぐにも眠りにつきそうな心地よさだ。発車のベルが鳴った。ホームを駆けてくる足音が聞こえる。辰男は自分と同じ踵に穴の開いたウェスタンブーツの音ではないかと思った。足音は辰男の向かいの席で止まった。俯いたまま瞼だけを上げるとブーツの先が見えた。男はGibsonと記されたギターケースを両ひざで挟んでいる。辰男は腕組みをしてゆっくりと息を吐くと、すぐにまた眠りについた。

　車両のドアの開く音がして目を開けると、下北沢駅だった。視線を乗車口から向かいの席に向けると、Tシャツにジーンズ、ウェスタンブーツと、彼は辰男と全く同じ服装だった。辰男の視線を感じたのか、彼はおもむろに顔を上げ車窓を見つめている。しかしギターケースが邪魔をして彼の顔は見えない。すると電車は減速をはじめ明大前駅のホームに滑り込んだ。辰男が立ち上がろうとすると、彼の右手が吊革に伸び立ち上がった。その時辰男と目が合った。似ている、自分に酷似している。もう一人の自分？　広い世の中のどこかにいるかもしれないと何かの本で読んだことがあったが、眼の前にこうして突然現れるものなのか？　でも似ているっていうのは主観だから、周囲の人は大体若い人は流行のファッションで背丈や髪形が同じならそっくりとなるだろうし。彼はほんの一瞬辰男を見た後乗降口へと進んだ。しかしこの時に彼のサインが辰男の足を止めた。胸が痛い。中学生の頃に初恋以来のキュンとした痛みというか締めつけ感だ。彼の一瞬の仕草、辰男に容姿が似ているだけでなく、自分と同じ癖を見つけた。やはりもう一人の自分なのか？　このまま部屋に帰るともうそこには彼が座っていて……なんてことになるかもしれない。辰男は次の永福町駅で降り、歩いてアパートまで帰った。そっとドアを開けると開けたままの窓から辰男のいる玄関まで変わらぬ匂いを風が運んできて、辰男は安堵した。鍋に残った白飯にインスタントの味噌ラーメンと水を入れてガスコンロの火をつけた。

大学生が多いのが嫌で駅前の商店街にはあまり行かない。この日、辰男がスーパーで買い物をした後で商店街を歩いていると、出前のバイクが追い越していった。蕎麦とかラーメンを出前するスーパーカブにスプリングの出前機のついたタイプ。ふとその足元を見るとあの朝、始発で出会ったウェスタンブーツだった。バイクは食堂の前で停まり、彼は回収した食器を持って店の中に入っていった。彼は明大前の駅前にある迫屋という食堂で働いていた。そういえばアコースティックギターはGibsonだった。学生の辰男には手の届かない高価なものだ。彼は一生懸命バイトして手にしたのだろう。時給三百五十円だとすると、一日三時間、一年近く働かないと目標を達成できない。そうだ、もう一人の自分かもしれないなんて彼に失礼だった。自分には到底真似ることはできないと辰男は思った。同じ癖のことは気になるが、彼は別人だ。自分とは全く別世界の別の人生を歩んでいる。目標に向かって働く自分によく似た男の存在は、辰男の励みにもなっていった。

　辰男は横浜からミュージシャンを目指して東京へ出てきて、高校に通っていた。電車でも通えると言った親を説得して、渋谷と新宿に何とか歩ける距離の明大前に暮らし始めた。そうだ、こういった日々の経験を歌にすればいいんだ、そしていつかGibsonの彼にもその歌を聞かせてあげよう。彼ならきっとわかってくれる、この日常のモヤモヤやるせなさを――。辰男は迫屋食堂の暖簾を潜った。

「アオイ、一丁目の西沢さんに生姜焼き定食二つ配達お願い。いつまでも裏で煙草吸ってんじゃないわよ！　煙草は高校卒業してからって何度も言ってんでしょうが」

割烹着のふっくらとした女将さんらしきおばさんの声が厨房の奥から聞こえ、鈴のついた勝手口のドアを開ける音がして、岡持ちを持ったアオイが現われた。Tシャツの色は違うが、ジーンズにウェスタンブーツは辰男と同じだ。今度は顔をしっかりと見たが、骨格とか髪の質とか眉の形とか左目が少し大きいとことかやっぱり似ていると辰男は感じた。大将が白文字で「横浜とげぬきビール」と書かれた大きなカップに水をなみなみと注いで辰男の前に無言で置いた。「生姜焼き定食ください」と辰男が言っても、大将の視線は野球中継に向けられたまま、咥え煙草で返事もない。すると奥から女将さんの「はい生姜焼き定食一丁！」と声がした。

アオイと会話することはなかったが、辰男は時折食堂に通った。横浜の実家には野菜を多く食べるためと言って食費の仕送りを増額してもらった。何度か通っていると、彼はオオタアオイと言う名で、辰男と同じ学年で、渋谷の高校に通っていることがわかった。この街は地元で、この店の人とも子供の頃から親しいふうだ。出前のない時アオイは店の裏で煙草を吸っているか、煙草を吸いながらギターを弾いているかのようだった。いずれにせよ、マルボロをいつも咥えている。店の裏は線路脇のパチンコ屋の裏にあたり、裏口を開けてもチンジャラチンジャラとパチンコの音か電車の通過音だけが聞こえてきて、逆にアオイのいい練習場所になっている。二人はしばらく目も合わせなかったが、駅前のレコード店で辰男がギターの弦を選んでいるとアオイが後ろから声をかけてきた。それが二人の出会いで、アオイはバイト上がりの午後九時頃から夜中までほとんど毎日辰男のアパートを訪れるようになった。二人は音楽の夢を語り合い、その話は尽きることはなかった。アオイは「やっぱ俺たち何もかもが似ている。一生こうして二人で歌うべきだ」という結論を出したことがあったが、辰男は作詞作曲ができるアオイに強い憧れと深いコンプレックスを感じ始めていた。

ある日辰男は、アオイのふりをして食堂のバイトに行ったことがある。出勤後すぐに出前が入り、店を出るまでアオイだと気づかれなかった。バイクに跨り商店街を走る。バイトするのもいいなと思った。しかしその時一丁目の西沢さんの家を知らないことに気がついた。角のタバコ屋の公衆電話から西沢さんに電話して、バイクが故障したからここまで取りに来てと伝えると、お前が歩いて持ってこいと言われ、店の裏のパチンコ屋にいたアオイに配達を代わってもらった。この日の西沢さんはいつもの生姜焼きだったが、アオイは「三度に一度はチャンポンだから」と言い、お前はやっぱり運がいいと笑った。

深夜放送を聴いていても、トランプをしていても、試験勉強をしていても突然アオイは自分の殻に閉じこもることがある。それは時間にして三十分から一時間。何の前触れもなくノートに歌詞を書き始め、そのメロディを口ずさみ、ギターを手に取りコードをつける。辰男は横にいて言葉と音が繋がれ歌になる瞬間を目にする。それは辰男が日常の中で口に出して誰かに聞いてほしいと願っていた気持ちや感情だった。アオイは魔術師のようにそんな言葉を一瞬でメロディと繋ぎ合わせる。この歌声を聴いている時間こそが真っ当に生きていると実感させてくれた。

辰男の目の前で誕生した歌を世に送り出すべく、アオイの提案で双子のデュオとしてオーディションに出場し、「チェリーズ」が誕生した。

彼らの歌声はレコード会社のプロデューサーを唸らせた。そして三か月後にはデビューが決まり業界に衝撃を与えた。

(デビュー曲) 夜明けのディスコ

(歌手名) 青山ロバート

作詞作曲したアオイ一人がスターへの階段を登ることを許された。アオイは金儲けばかりを考える大人のやり方に納得いかないとその条件を頑なに拒んだが、辰男は「アオイの歌は双子がアコギでハモるよりもベースやドラムが入りビートのきいたロックのほうがみんなに伝わるし表現の幅も広がると思っていた」と言い、これからはアオイの影武者になってアオイの音楽を支えていきたいと言った。

「辰男はスポットライトの向こうの風景がどんなか見たくないのか？」とアオイは聞いてきた。辰男が「それは才能のあるアオイだけに許される権利・与えられる特権で、本音を言うと僕はアオイのそばにいてその瞬間を確かめたいだけかもしれない」と言いかけて「時々影武者で歌わせてくれればいいからさ。それに俺にはスポットライトの向こうなんて眩しくて何も見えないと思うよ。アオイだけに見える特別な風景なんだよ、きっと」と言うと、「そうか、じゃあデビューして一段落したら『チェリーズ』のレコード出そうよ、二人でプロになるって約束だろ！　それにしても青山ロバートって名前は好きじゃないけどな」とアオイは笑みを浮かべた。

（B面タイトル）日曜日のララバイ

♪
静まり返る日曜の朝
街を背にしてバイク走らせる
少し冷たい潮風が俺をそっと迎えてくれる
Seaside　ジーンの店でマルボロと
Seaside　熱いコーヒー飲みたくて
Woo　Woo　Woo　Woo
海岸通りをどこまでも
あてもなく走ればいいさ
月曜なんて意味のない
目覚まし時計はもう捨てて
♪

ライブ

大岡川の水面にゆらゆらとハーモニカ横丁のネオンが反射している。たぶん何十年も変わらない光景だろう。向こう岸から風が時折煙草と炭焼きの匂いを運んでくる。横丁の一階にある店の油まみれの換気扇が大きく開いたままで誰かの歌声を漏らしている。タンバリンやマラカスが時折調子を合わせてカシャカシャと不器用な音を立てている。西公園を茶色の小型犬を連れて散歩する初老の男がベンチに腰掛けて懐かしそうにリズムに合わせている。もう三十年以上前に流行った懐かしい歌。初老の男に小さな喝采が川向うから聞こえると満足そうな笑みを浮かべて公園を後にした。

ハーモニカ横丁のキャサリンの店「焼鳥マドンナ」では辰男の帰浜を祝う会がおこなわれている。今夜は「逃亡者」も早じまいして、円卓のメンバーとKと京子、辰男とキャサリン、それとたくさんの料理でもてなしてくれたのは新人女装家のナンシー・スワン・スーザン。この人は中華街で占い師の見習いをしていたが半年でドロップアウトし、父キャサリンのもとで女装している。

辰男が告白した、本当は彼を支えたという影武者の死。この街の住人は辰男が死んだものと知らされ、辰男は三十年の逃亡生活を過ごした。辰男の後戻りできない時間、そしてこれからの時間。シリアスな話はこれから時間をかけてみんなで解決しようと皆で誓い、シゲハルは乾杯の音頭をとった。

十六歳が二名参加のため二十時でお開きとなる会場は、この街で生まれた青山ロバートの復活を告げるライブになり異様な盛り上がりを見せた。

その時、元と千穂のもとにハンドルネーム358氏からDMが届いた。どういうわけか彼はここでの様子を知っており、一曲だけでもいいからとそっくりさんの動画をUPしてくれと言った。元が『日曜日のララバイ』を送信すると、動画は358氏よりファンへ拡散され、すぐに二万件の「いいね！」が付いた。

一か月後、辰男は新横浜駅の新幹線ホームにいた。358氏率いる全国の青山ロバートファンクラブメンバーが、そっくりさん見たさに全国津々浦々のモノマネパブやライブハウス、公民館などを貸し切り青山ロバートそっくりさんライブを企画したためだ。辰男はハードオフで見つけたMartinの中古ギターをシゲハルに十回払いで立て替えてもらい、マロに当面の食事代をもらい、Kに交通費をもらい、千尋と京子は換えの弦とピックをお年玉貯金で買い、元と千穂は広島～小倉～博多のとりあえずこの三か所のスタッフとして付き添うことになった。

「逃亡者」の円卓のある奥のフロアの白い壁に動画が映し出されている。九州小倉の朽網公民館での辰男のライブ映像だった。照明も音響効果も何もない高校の文化祭のような会場で同年代のアーガイル柄を身に着けたファンの人たちの前で歌っている。〈そっくり～、本物みたい〉〈マスク外してロバート！って叫んでもいい？〉〈青春が戻ってきた〉〈兄貴ぃ！　何で死んでしまったんだよ〉〈お腹いっぱい〉〈本物には生きていていつまでも走っていてほしかったぞ〉〝#青山ロバート〟の呟きは世界中に発信された。

「そっくり、そっくりって辰男がかわいそうだな」とシゲハルが不機嫌に言う。

「本当のことをいうと、これがまたややこし過ぎるからなぁ」とマロが答えた。

「いいんだよ、たぶんこれで。俺は本物だって名乗らなければ、こうやっていつまでも歌って生きていける。年金だけじゃ我々生きていけないもん」と言いながらKはコーヒーを注いだ。

「でも辰男は年金あるのか？　たしか蒲郡公平って名前を騙って働いた時の年金は法的には実在する蒲郡公平のものだろうし、辰男はすでに死んだことになっているから元々何も権利がないし……待てよ、あの影武者って誰なんだ？　影武者は戸籍上まだ生きてるんだよな。今どうなっているんだろうか、年金とかマイナンバーとか。でも家族は三十年行方不明と思ってずっと探しているんだろうな。辰男はやっぱり大きな罪を作ったんだな。辰男は影武者のことは詳しく言ってなかったし。なあ千尋、なんか聞いてないか？」

シゲハルが聞くと、千尋は、

「聞いてないし、そのことちょっと辰男さんに聞いたことがあるけど、触れてくれるなみたいな雰囲気だったし。こんな動画を見る前に、影武者が誰だか探すとか、そしてその家族に亡くなったことを告げるとか、他人に成りすまして生きてきたことのけじめをつけるとか、辰男さんはこうして残りの人生の新たなスタートを切る前にやらなければいけないことがあると思うけど」

と不機嫌に返した。

「本物の青山ロバートになりきって一生懸命に歌います」と言っていた小倉のライブを終え、「本物の青山ロバートだと思って聞いてください」と言い歌い始めた博多のライブハウス。この日の辰男は少し元気がなかった。千穂が心配して声をかけると、「ここのハコにはデビューしてすぐに来て歌ったことがあるんだ。あそこのミキサー卓の横に座っているオーナー、三十年前もあそこに座っていた。あの男に見出されて今や誰でも知っている大物ミュージシャンになった人は何人もいるんだ。俺がさっきリハの後に挨拶したら、『僕は本物この目で見たから言うけど君はフラット、本物はもっとシャープだったよ』って言われたさ。笑っちゃうぜ、まったく」

と辰男は答えた。

那珂川の袂に連なる中洲の屋台で三人は豚骨ラーメンを食べた。「なんだか野毛に雰囲気は似ているけど、川幅が広いから時間がゆったり流れていくようですね」と元が言った。

「時間かぁ。そういえば三十年あっという間だったな。後戻りできないしなぁ。ねぇ、これから新しい家庭を築く二人に聞くことじゃないかもしれないけど、俺これからどうやって生きていけばいいと思う？　残りの人生を」

「歌い続けてもらう。それしかないです。僕らの一歩前でずっと走り続けてもらうしかないんです。正真正銘本物なんですから」と元が言うと、千穂も深く頷いた。

「私は辰男さんの歌を聴いていると嫌な毎日の出来事がどこかに一瞬で消え去るんです。夢や希望にあふれる自分がそこにいて、本当に元気になれるんです。だから歌い続けてほしい」

屋台の古い剝き出しの骨組みに掛かったデジタル時計の上にある油まみれのラジオから、時折不安定な音量で歌声が聞こえてくる。流れているのはビリー・ジョエルの「ストレンジャー」だと辰男が教えてくれた。すると千穂が、ストレンジャーには見知らぬ人とかよそから来た人とかの意味があると言った。元はなるほどと言いながらラーメンの汁を飲み干した。

「ものまねして、明日はストレンジャーでは終わりたくないな。元気になってもらえるのなら、またこの街に来て歌いたいさ」

「今日のアーガイルのお客さんもまた来てよ、待っているって言っていましたよ。私もマネージャーになった気分がして嬉しかったです。また来ればいいじゃないですか」

千穂が言うと、

「だからさ、ものまねっていうフィルターを通して見られるんじゃなく、本人が歌っているんだから、一〇〇パーセントの俺の歌声が届いてほしいのよ。ねぇ、次のライブで本当のことをファンの前で打ち明けてもいいかなぁ？」

元は、とても大事な決断だから横浜に戻って皆で相談して二週間後に予定されている仙台でのライブまでに結果が出せればと辰男に言った。

告白

大さん橋の「くじらのせなか」の夕暮れは予想以上の演出で、僕の気持ちを盛り上げてくれている。今日こそ僕は京子に告白をする予定だ。見晴らしのいいウッドデッキでできた広場には時折停泊している邪魔な大型客船の姿もなく、夕日とあいまって赤レンガ倉庫の綺麗なこと。彼女の登場まであと十五分とコスモクロックが教えてくれた。コスモクロックの〝一周十五分〟と言えば、重力がないとその間に西に約四一六キロメートル……と、いや、この話は今日は不要。でも、とても緊張している。告白は人生初の体験で、人という字を飲み込んでも深呼吸してもドキドキが収まらないのである。僕が今開発中のアプリは誰もが欲しがる「告る君」。極めて成功率の高い相手・時間・場所・言葉・タイミングを教えてくれる。成功率一〇〇パーセント、類まれな告白アプリと自負。実はこのアプリの開発にあたり、プロポーズまでとんとん拍子に成功した元さんにその秘訣を聞いたところ、場所やタイミングや言葉は大事で、逆にそれを熟考することで何とかなるものだということを教わった。だから巷の多くのデータをサンプリングするといいと元さんは言った。それで僕は日本中のSNSで語られたどえらい量の愛の言葉を5W2Hのフレームワークで集計しまくり、このアプリを完成に導いた。使い方はこうだ。まず自分と相手の名前や生年月日、顔写真（骨格情報）やSNSのアドレスなど基本情報を入れると二人の相性を出してくれる。僕と京子とは八十九点、まずまずだ。一〇〇点が出ることはまずない。この数値は彼女と繋がるSNSの全フォロワーと比較した相対的な値だ。まあ、小学生の時から仲が良いし、僕へのSNSの〝いいね！〟回数も多い。ポテンシャルのある数値だ。次に〈そろそろ告白したい〉というボタンを押すと、GPSと二人のライフスタイル、過去の誰かの告白データから成功度の高い場所と時間が表示される。で、そこに彼女を呼び出し〈交渉開始〉のボタンを押すだけ、あとは彼女との会話の中で成功に導く言葉が表示され、会話の中に告白のタイミングを見つけたらアラートが鳴り、成功率の高い〈セリフ〉が表示されるシナリオアプリだ。そうこうしていると京子がクイーンの塔を背景に駆けてきた。

「大変よ！　千尋！　辰男さんがツアーから帰ってきたって、元さんと千穂さんも一緒で……すぐに『逃亡者』に集まれって、LINE見なかったの？　さぁ、早く行くわよ」

京子はいつもの早口でまくし立てると、僕の右手を掴み、走り出した。僕はひと言の声を発することもなく京子の後につく。「告る君」の画面には〈続きはまた来週〉と大きく表示されている。

＊

千尋と京子が店に着くと円卓は静まり返っていたが、皆辰男の持参した博多土産のめんべいに夢中で、バリバリという音だけが交互に響いていた。

「真実を明かすのは、影武者さんの残されたご家族に対して、行方不明じゃなく三十年前に亡くなっていますって言うことになる。本当は人として早くそうしなければいけないと思う。問題はそれが辰男にできるかと言うことだ。それに、その後辰男はどうやって生きていくつもりなんだ？」とマロが問いかけた。

「影武者の家族には本当に心の底から申し訳ないことをしたと思います。だから僕は田中辰男も青山ロバートも捨てて三十年隠れて生きてきたんです。それが唯一僕にできる償いだったんです。だからご家族には話しに行くつもりです。そして理解を頂いたうえで、次のライブでモノマネじゃなく本物として皆に歌を聴いてもらいたいんです」

と辰男は話した。

京子が、「影武者さんのご家族が認めてくれるでしょうか？」と問うとまた円卓にめんべいの音が響き始めた。

突然千尋のスマホからアラートが鳴り始めた。「告る君」が京子の「家族が認めるか？」発言に反応したためだ。

〈セリフ05〉「君の家族も僕の家族同様大切に思っている」
〈セリフ06〉「だから君が不安に思うことは何一つないんだ」
〈セリフ07〉「僕と付き合ってくれ」
〈セリフ05〜07を熱く語ってください〉
千尋は「告る君」をスワイプして話し始めた。
「辰男さんが影武者さんのご家族に打ち明けるのは一日も早くやってもらいたいです。で、ライブに来るアーガイルの人たちに告白するのはやめたほうがいいと思います。ひと言でも言ってしまえば、すぐに世界中に配信されます。あっという間にマスコミの人が駆け付けて大事件になりますよ。そうなればもっと影武者の人の家族を悲しませることになります。で、それよりも僕にいいアイデアがあるんです。ライブに来るアーガイルの人たちはファンという限定された世界。それもいつもＳＮＳで繋がっている。そのファンの人たちが共有している大昔のライブの出来事や亡くなったとされた時の情報、それからファンが交流を続ける足跡をはじめ、膨大な記録が存在します。しかし現代人の多くは情報を自分の脳に記憶せず、スマホに残る情報やネット上に残る過去の記録をエビデンスとしています。このデータを書き換えれば瞬間でもある一定の期間でも思い違いを発生させることができ、生きていることが成立します。「青山ロバート死亡」の記事の「死亡」の文字を「null」に書き換えれば死亡の文字が消えるから、ネット上では即座に生きていることになり、それを読んだ人は「生きていたの？」と自分の記憶を疑い、「事故の翌日元気にライブ」という記事を見て生きていると勘違いします。ファンのコミュニティサイトや、古くは2ちゃんねるなどの過去ログを一瞬書き換えればいいんです。そうすればその間、辰男さんは昔のように青山ロバート本人として歌を歌うことができます。どうですか？　やってみますか？次の仙台のライブで」

元が「千尋の話は論理的にも技術的にも可能です」と言うと、シゲハルが賛成の諸君の挙手を求め、皆が賛成した。するとまた、「告る君」のアラートが鳴った。

〈チャンス到来！　壁をドンして次のメッセージでカッコよく決めよう〉

〈セリフ08〉「京子どうよ？　俺のアイデア。そろそろ付き合う気になったか？」

〈さぁ、早く、幸運を祈る〉

千尋がスワイプしてアプリを再び終了しようとすると〈本当に終了しますか？　まだあきらめるのは早いですよ〉とメッセージが表示されたが、横にいて不穏な笑みを浮かべる京子の手により強制終了された。

＊

成功率

誰が何と言おうと「告る君」のアプリとしての完成度は極めて高い、というかインターネットボットのサーチ力が抜群に優れている。たとえば、こんなデータが見つかったぞ。「東北地方で初雪の日に告ると一〇〇パーセントの成功率」というものだ。僕も裏取りのためいくつかのSNSを追いかけたが、まさにその通りで驚いた。元さんは自分の告り方も一〇〇パーセントと言い初雪説を疑っているが、聞けば初キスをした後に千穂さんに告った、すなわち事後承諾したこともあり、今時の不同意の性暴力の告白には元警官のKさんの目もキラリと光った。

すると、「そういえば」と十二時の席から父の声がした。

「僕が母さんに告白したのも山下公園を散歩していてちょうどホテルニューグランドの前あたりで大きな初雪がゆっくり降りてきた時だった。公園の緑も建物も道路も空も波もどんどん白くなって、気がついたら手を握っていて、告ったら現在に至る」と初雪説を証明したが、親の話なので僕はリアクションに困った。

このインターネットボットを使ってライブに来るアーガイルの人たちの記憶を事前に書き換えなければいけない。国民が日常の記憶を、スマホを記録媒体として管理する時も近い。データの書き換えを日常の他愛ない業務としてこなすコンピュータにとって、人の記憶という認識を一時的であれ変更することはたやすいことだ。それに、アーガイルの人たちはハンドルネーム358氏を中心としたファンクラブという限定的なコミュニティなのでライブに来る人のパーソナリティもすぐに特定できる。そしてこの人たちがこれまで目にしてきた情報、SNSやFacebook、2ちゃんねるや、もっと前のLNBまでボットでサーチし、書き換えをおこなえばいい。待てよ、マスコミのサーバーに眠る事故などのネガティブなフェイク画像はどうしようか。ターゲティング広告の仕組みを使ってすぐにポジティブな画像へ切り替えることも可能だろう。仙台のライブまであと二週間。一週間でデータを書き換え、残りの一週間で青山ロバートが蘇り、生の歌声に元気をもらい最高の夜になればいいと僕は考えていた。

＊

「青山ロバートは生きていた」作戦へのアーガイルの反響はとても早かった。〈生きている?〉〈亡くなったはずだが、いまさら〉〈目がテン〉〈勘違い?〉〈まさか〉〈年一でライブやっていますけど、なにか〉〈去年のライブ良かったし〉……とニセ記録はすぐにアーガイルの記憶をすり替えていった。

〈去年まではホールツアーだったと思うけど、どうして今年はモノマネパブなの?〉〈アコギ一本のデビュー当時を再現したんだろ。なんせ今年デビュー四十周年だから〉〈そういえば今回のツアーはファンクラブの358会長が企画に参加したってSNSで言っていたし〉〈なぜか一九八三年の十周年の時から節目の年はライブがないような気がする〉〈デビュー十年目から少し人気がなくなったし〉〈人気があろうがなかろうが俺は全然オッケー、俺と青山ロバートとの関係には何の影響もないし、逆にファンが少ないほうが目の前で観られる距離感がいい〉〈そうね、ロバートの吐息や迸る汗で妊娠できるものなら妊娠したい〉〈えっそんなこと考えて歌聞いているの?〉〈ロバートに会う時は十九の少女、あの頃のままなのよ〉〈俺もいくつになっても心はロバートの歌声を初めて聞いた十五の時のままで聴いているような気がする〉〈この間の小倉や博多の動画観たけど変わらないよね、いつまでも〉〈体形や声も全く変わらない、相当毎日ジムで鍛えてるわ、きっと〉〈白髪が少し増えたと思うけど〉〈そう、いつまでも変わらず歌い続けてほしいよ。五十年、六十年とずっと、そう浜省みたいに〉

仙台のモノマネパブでおこなわれたライブは、デビュー曲の「夜明けのディスコ」で始まった。ヒット曲「日曜日のララバイ」ではファンの大合唱となり、その歌声はドアの向こうにある焼鳥屋やゲイバー、外国人パブ、おでん屋、酔いどれスナック、クラブ（大人向け）、ペントハウスのホストクラブにまで響き渡った。アンコール曲「季節外れのアーガイル」を歌う頃には街中の長い列は皆一様に遥か昔の少年や少女の頃のような輝く瞳で彼の歌声に聴き入っていた。

「ほら、言っただろ。だから俺は走り続けなきゃいけないんだよ。そこがどんなに遠くてもさ」

仙台ライブの帰りの新幹線、辰男は車窓をぼんやりと眺めながら呟いた。まだ昨夜の余韻の冷めない千穂の瞳に、一瞬でまた涙があふれた。辰男が元に「ギターケースの上で弁当食べるな」と言うと、千穂が「そこは青山ロバートが移動中に歌詞を書く神聖な場所よ」とたしなめた。

辰男は一瞬二人に微笑みを返した。そして「今度はバンドも入れてもっと大きなハコで歌いたい」と言った。

進化

ホテルニューグランドの中庭、昼下がり。三人の老紳士と、一人の上品な老婦人がランチミーティングの最中。ドレスコードが醸し出す上品な笑い声が中央に設えた噴水の水面に反射している。

鼈甲《べっこう》眼鏡をかけた老紳士が、三人にスマホを見せながら口を開いた。

「谷戸橋の袂のシドモア桜の幹を車で擦った跡を見つけてね。市のみどり課に処置を頼んだんだけど、その後コレ使って調べたらさぁ、ぶつけたのは石川橋の工務店のトラックってすぐにわかってさぁ。直接言うと角が立つから、元町交番に頼んだのよ。それで対応は良かったよねぇ？　それを皆に聞きたくってさぁ」

するすと老婦人が、白身魚のローストをナイフとフォークで美しく切り分けながら、下目遣いで答えた。

「あ～た、それでいいのですわ。自治会が違うのなら、お巡りさんに出てもらうのが一番ですもの。でも桜の木は大丈夫なのかしら。街路樹が枯死するのは車が擦ったところから菌が入ることが多いって聞きましたわ。それはそうと日比会長、イセザキモールでトカゲが行方不明になったのどうなさいました？　あれからもう二週間以上経ちますわよ、あ～た」

「我々を困らせたあのトカゲは非常に無口でしたなぁ。だからコレも役立たずかと思っていたのですが、吉田中学の生徒の驚く声の記録を追いかけていきましたら、大通り公園で鳩のえさを横取りしているところを保護できました」

仕立てのいいスーツに、整えられた髭が似合う紳士が上品な口調で言う。

「それは良かった。トカゲは擬態すると見つけにくいっていうし、何よりですな」

するとと、婦人がスマホを見せながら言った。

「食事中に触りたくないけど、〝コレ〟優秀でしょ？　あたくしコレなしでは自治会長なんてやっていられないもの。ところで南後会長、あ～たのところで起こった例の窃盗事件どうなりましたの？」

ランチをしている四人は「横浜みらい会」のメンバー。横浜みらい会は山手・元町・山下・伊勢佐木の四つの地域の自治会長の集まりで、自治会活動の連携や情報の共有をおこなっている。山手自治会長はマダムと呼ばれる宇賀神緑子。愛猫はマリーちゃん、食品輸入の宇賀神商会会長夫人。元町自治会長は佐々木真吾、ささきパン店主。伊勢佐木の自治会長は日比源太郎、横浜とげぬきビール創業者。そして今質問が投げられたのが南後留吉、山下の自治会長で全国二百五十店舗展開の洋食屋ジブシーチェーン会長である。

マダムの言う〝コレ〟は、千尋がお婆さん――もといマダムの愛猫マリーちゃんを見つけ出した時に使った千尋のアプリ「ここだニャン」。捜索の際にマダムのスマホにインストールしたのをきっかけに、この三人にもインストールした。それから数か月の間にこのアプリは猫捜しのみならず車もトカゲも窃盗犯も見つけられる優れものになっていたためその名称の変更が今回の議題になっていた。

「宇賀神会長、それが今回の窃盗事件も残された声が手掛かりですぐに犯人が見つかりました。その後すぐ隣の酒屋で未解決の事件があったことを思い出して、コレを使ってみたんです。一年前の事件で、全く違う手口でしたが、これも犯人を見つけることができました。いやいやこれだけでなく、伊勢佐木はお店が多いから、結構未解決の窃盗事件があって、それも全部当時の音声から犯人がわかって、伊勢佐木警察署は今頃大忙しですよ。今度感謝状が警察と横浜市、神奈川県から出るって連絡がありました。それは『横浜みらい会』で謹んでお受けいたしますと言いましたが、宇賀神会長、よろしかったですよね？」

南後会長が、腕まくりをして日に焼けた筋肉質の腕を見せながら問う。

「あ〜ら、皆さまどうしましょう？　何を着ていこうかしら？　皆さま何をお召しになる？　写真撮影があるなら三か所同じドレスってわけにもいかないわね」

この後、千尋が開発したアプリの新名称は「ここだニャン」改め「ここだグレート」と決定した。「ここだグレート」については、千尋がマダムのスマホにインストールして以来アップグレード等の接触は一度もおこなっていない。にもかかわらず猫以外の音声の聞き分けや犯罪現場に残された音声を分析して犯人を探し出す機能など進化した。千尋は学習機能と自らの能力を広げるための生成ＡＩの利用を制御する機能を「ここだグレート」にあらかじめプログラムしており、独自に進化したものだと判断した。学習した情報はこうして四人が集まれば再び共有され、自動更新される。そもそもこのアプリは樹木の持つ神経細胞の活動電位の変化を捉え、樹液の中に含まれるナトリウムイオンやカリウムイオンが細胞内外で受動的拡散を起こすことで神経細胞に与える活動電位を記憶と定義している。その情報も樹液の流れる速度に依存し、移動速度は一日に数十センチ程度のものと考えていた。二メートルの高さの木ではせいぜい二日程度の記録が取り出せるということになる。もちろん遺伝子レベルで考えれば太古に起こった氷河の記憶などもあるであろうが、調査手法がまず異なる。

南後会長の話によれば、一年前の窃盗犯の犯行時の音声をもとに犯人の足取りを追うこともなくデータベースから指紋認証のように音声で犯人を突き当てた。一年前の事件現場の音と全市民の音声のデータ、二つがなければこの結果は成り立たない。「横浜みらい会」のメンバーは自治会長として毎日二時間程度巡回している。その際、皆電動シニアカーを利用している。移動速度は人が歩く程度八〇メートルを一分とすると二時間で一〇キロ程度。この街を毎日四人が巡回すれば住民の音声はかなりの確率で捕捉できるかもしれない。ただやはり樹木に残された一年前の事件現場の音声データの入手分析は解決できない。樹木の持つ知能が働き、そこから一年前の音というメッセージが発せられたのではと考えるが想像の域を出ない。アプリと生成ＡＩのやりとりを見れば何かわかるかもしれないが。

四人は食事を終え、噴水の前でいつものように写真撮影した。四台の電動シニアカーは、スターリンクの数珠繋ぎの衛星のように、噴水を滑らかに一周すると山下公園通りに消えていった。


二日後、シゲハルは地蔵坂のサクラクリニックの待合室でマダムと出会った。シゲハルが処方箋を受け取り、帰り支度を始めると、マダムはどこかの爺さんとの話をやめてシゲハルの横に腰かけた。

「あ〜ら、郵便屋さん、あ〜たに私、お話ししたいことがありますのよ」と話し始めて、「では、ごきげんよう」まで一時間は経った。受付の窓にはもう白いカーテンが引かれて「昼休み」と書かれていた。話は、千尋の作ったアプリを使っていて窃盗犯を見つけることができた、このアプリの評判を聞きつけた企業や役所や警察からうちにも使わせてくれないかと相談されている——というもので、シゲハルの回答は「千尋とマロさんに聞いてくれ」の一言だったが、この十三文字のために四十分くらいエピソードを長々聞かされた。マダムは最後にシゲハルが待合室で読んでいた筒井康隆の最新作について語りはじめ、「実はまだわたくしの身体は火照っていますのよ」と耳元で囁きながら診療所を後にした。

「逃亡者」に戻り、シゲハルが千尋とマロにそのことを話すと、千尋は「権利とか、お金とか今も僕にはほんとどうでもよくて、アプリを道具として評価してもらえるならそれだけでいいし、アプリを提供するのではなくて、保証も何もしない形でプログラムを公開するからそれを勝手に使えばいいと思う。僕の興味はあのアプリがどうやってそこまで自身で進化したかっていうことだけだ」と言い、シゲハルはキチンとした製品にして提供すれば大儲けできたのにと言い、マロは樹木の持つ古い記憶をどうやってアプリが手に入れたかを探るほうが先だなとアドバイスした。

「でも先週ホテルニューグランドの前を通ったら、『ここだニャン』のアプリが自動でアップグレードされて、それも『ここだグレート』って名前になっていて、謎が一つ解けたよ。まだ使ってないけど」と千尋は続けた。

この話に飛びついてきたのが市役所みどり課に勤務し、市内の樹木を管理する元と国際局の千穂だった。すぐにやってみたい実験があると千穂が言い始めた。

「そこの横浜開港資料館の中庭に玉楠があるのはご存じだと思いますが、あの木は一八五四年にペリーが来航した時にハイネが描いた絵に描かれています。史料にはオランダ語で話したとも記載がありますが、あの玉楠の木に眠るハイネの声が聴きたいんです」

京子が「逃亡者」のエントランスに準備中の札を掛けると、皆で横浜開港資料館へ向かった。「近くにありすぎてほとんど来ないから」と言いながら千尋は「ここだグレート」を起動した。すると、〈周辺の音声情報五億件のデータを準備しました〉というメッセージが表示された。千尋が〝一八五四年三月八日and オランダ語〟とキーワードを入力すると〈該当なし〉と表示され、皆即座に肩を落とし俯いた。

するとシゲハルは、「まあ、この木は一度大火で大部分が焼失したっていうし、さあ、諦めないで今度はこの写真の子供たちの声を探してみよう。さぁ」と、一九五〇年に撮影された日本大通りでバスを待つ三人のアメリカ人の子供の写真を見せた。写真は市史から得たもので、背の高い男の子はヴァイオリンを持っている。

日本大通りのイチョウは関東大震災の後に植えられて樹齢百年を越える大木だと元が説明を始めた。バス停はすでになく、男の子がもたれかかる木はグーツの前の横断歩道を渡った場所にあった。「ここだグレート」は起動したままで、ここに着くまでの間もデータ取集をしているようだ。

マロが思いついたように「『ヴァイオリン』とだけ検索してみたら」と言った。検索すると、マロがこの通りで音楽サロンと称して屋外演奏をおこなった古い記録がいくつも出てきた。さらに画面をスクロールし年月を遡ると、一九五〇年のデータが見つかった。古い蓄音機でレコードを聴くようなノイズだらけで音域もとても狭い音が微かに聞こえた。「ゴセックのガボットだね。彼なかなか上手だよ」とマロが言った。シゲハルが「女の子は英語でなんか言ってるけどなんて言ってるんだろう?」と聞くと、千穂が「お兄ちゃんのヴァイオリンは八小節までが本当に上手ね」と言い、続けて「もう一人の男の子は『Magic 8 Ballやろうよ』って言っています。これ昔――アメリカで五〇年代に大流行した占いゲームなんです」と言うと、皆目を丸くした。しかし驚きが限界を超え蒼ざめた表情で震える手を押さえながら千尋がマロに聞いた。

「父さん、母さんに告った初雪の日って何年?」

「お前が生まれる五年前かな」

「嘘だ、気象庁の記録では二〇〇二年の横浜は、雪降ってない」と千尋は言いデータを遡った。「あった。二〇〇〇年一月一五日だ。ほら父さんの声だよコレ、カズコって言っているけど誰なの？　元カノ？」
「いや、だから初雪の日に告ってもフラれることもあるってたとえさ。なぁシゲハル」
「動機が不純！」と京子が千尋の腹部にパンチを決めると、千尋は小指を立て口元で押さえ、「待って！　閃いた！」と呟いた。

魂

仙台の次、明大前での辰男のライブの日。明大前は辰男の原点だった。この街でチェリーズが生まれ、青山ロバートの旅が始まった。

辰男は渋谷から京王井の頭線に乗った。車窓に見える住宅街の風景はあまり変わっていないような気がする。制服を着て毎日この電車に揺られていた頃が蘇る。初めてアオイに会ったのもこの電車の中だった。明大前駅の一つ前の東松原駅で降りて住宅街を通り、当時住んでいたアパートへ向かった。線路沿いの道を進むと吉祥寺行きの電車に追い越された。踏切脇の喫茶店の窓に遮断機の音と光が反射していて、その手前にいたギターを抱えた男の姿を辰男は見つめた。なんだ、あれから四十年も経ったのに何も俺は変わってないなと左右の目頭を二本の指で掻いた。電柱に書かれた世田谷区松原一丁目の青い表示板。ふとその先の二階建ての門に「西澤」と書かれている。そういえばここに生姜焼きを配達しなきゃいけなかったのか、いや駅前のアオイのバイト先の食堂に行って生姜焼きをもって「遅くなりました〜」ってやってみるのもいいなと考えた。

踏切を渡り松原二丁目、当時は一軒家とアパートが半々くらいの割合だった気がしたが、アパートはほとんどマンションに建て替わり、数も増えたような気がする。松原大山通りを越えると、当時住んでいた第二松原荘がある。やたらと日当たりのいい部屋で、南側の窓を開けると柿の木があって、それも甘柿で手を伸ばして獲っては空腹を満たしたな。そういえばアオイは木漏れ日の届く窓のそばで昼寝をするのが好きだったな。「これが自由ってもんなんだよ」っていつも言っていた。第二松原荘は現存していたが、二階は雨戸が閉ざされ、音を立ててかけ上がった鉄製の階段は錆びていて、一階の通路は背丈ほどある雑草が空を仰いでいた。塀にはマンションの建築計画の看板が掲げられていて、一つの歴史の終わりを告げていた。駅前の商店街も大手のコンビニやドラッグストア、牛丼チェーンなどに入れ替わり、当時の店を探すのに苦労した。アオイがバイトしていた食堂もカレーのチェーン店に変わっていた。

辰男がライブハウスに着くと元と千穂が表で待っていて、当時のバンドメンバーが楽屋を訪ねてきたと言った。

「今日のステージはMCがちょっと長めになるかもしれません。いやね、この街にはホント思い入れがあって、っていうか俺たちの原点で。一人暮らし始めたのもここから三〇〇メートル先の第二松原荘ってところだし、商店街の食堂で配達のバイトやっていたし、パチンコ屋のお姉さんにあんた歌上手いからって言っていつも煙草一カートンもらっていたし、渋谷まで毎日井の頭線乗って学校行っていたし。本当に思い出いっぱいの場所にステージを用意してくれた皆さんにお礼が言いたくて、ありがとう。で、この街での最高な思い出をもう一つだけ語らせてください。俺の住んでいた第二松原荘ってとこね。壁も薄くてね、もう隣の音なんて丸聞こえで、でも、そこでギター弾いて歌うたって。今だったら近所迷惑ですぐにモンスターが怒鳴り込んでくるだろうけど、あの頃は隣の大家さんの娘がこの部屋の窓を見上げていつも歌聞いてくれたり、表を自転車でフラフラになりながら走る飲んだくれの親父が『あんちゃん頑張れよ～』って声かけてくれたり、あの頃はまだ若くて声も一オクターブくらい高かったから、かなり遠くまで聞こえていたと思うのね。まあ、一オクターブってのは冗談だけど。そのね、そのね、あの部屋で大親友に言われた言葉が一番俺にとって大切な言葉で、過去最大、大切な思い出なんだ。そう、俺は一度だけプロになるのを諦めかけたことがある。その時、奴はこう言ったんだ。『スポットライトの向こう側に広がる光景が見たくないのか？』ってね。俺はそんなもん眩しくて何も見えるはずがない、車のライトと同じだと言ったんだ。すると奴は『お前のショーはそこで終わり。みんなはお前の歌だけを聴きに来るんじゃないんだ。歌を聴くだけなら家でレコード聞いていればいい。ショーはお前のものだけじゃなく、観客だけのものでもない、お前が見える風景と客が見る風景のぶつかる場所にのみ存在するんだ。そしてそこにしか存在しない唯一無二の最高の感動ってやつが共有できるような気がする』ってね。でも俺もその意味が最近ようやくわかるようになってきたんだ。そんな奴に感謝を込めながら、そして今夜も皆さんと素敵な夜を過ごせたら、俺のすべての思いを込めて歌います。この街で生まれた歌『夜明けのディスコ』聞いてください」

歓喜の中、ショーは終わった。楽屋に戻ると青山ロバートのデビュー当時のサポートミュージシャンが迎えてくれた。影武者ショーもここまでいけば素晴らしいと口をそろえ、次回はこのバンドでやろうということになった。

マダム

ランチ前、シゲさんが「逃亡者」に珍客を連れてきた。マダムが円卓まで電動シニアカーで来たので六時の僕は四時に移動、辰男さんは二時に移動、父さんはそのままで、役所に行っている千穂さんの八時の席にシゲさんが座った。ランチ会が始まり、マダムは父さんのこともシゲさんも辰男さんもKさんも子供の頃から知っていて、昔話で盛り上がった。マダムは上機嫌で上目遣いにずっとニコニコしていて「ざーます。ざーます」って古い言葉の連発で楽しそう。辰男さんとも普通に話しているのがちょっと不思議だけど。たぶん「ここだグレート」のGPUは今頃大忙しで過去の記録を検証していると思う。リミッターの定義が必要なのだろうか？　あれもこれも何もかも人の代わりに、人にとっての記憶という記録を作ることが本当に必要なのだろうか。

こんな昔話に花が咲くのは人間の持つ記憶機能の良いところかもしれない。「あれ、ほら、何だっけ?」と誰かが言うと、「それはあの時お前がこうしたから」と、誰かのうろ覚えを誰かが覚えているから楽しい時間が成立する。それが時間の持つ意義だと思う。データの作り方や扱い方には、やはり深いいろんな配慮が必要なのだろうと考えさせられる。マダムが「あ~らあ~たもうこんな時間」と言いながら身支度を始めたかと思うと再び円卓に戻り、今度は五時に座って僕の目を見つめた。

「千尋君、もう大事なことを忘れていましたわ。うちの孫の恵《めぐ》みちゃんのことで相談があるのよ。そう、あ~たの二学年下だからご存じですよね? 受験勉強しなきゃいけないのに、スマホばっかりやってお勉強しなくて困っていますの。机には向かっているけど、後ろから見ても本を読んでいるかスマホの画面見ているかわからないし、イヤホンを付けているけど耳栓だっていうし、だからうちのマリーちゃんのアクセサリーみたいに恵みちゃんのスマホに鈴をつけたんですけど、翌日にマリーちゃんの鈴が二つに増えただけで……。何かいいアイデアはないかと、千尋君に相談に来たのよ」

僕は今どきスマホを使って勉強するのは当たり前で、読めない字やわからない言葉の意味を調べるとか、中学校の教科書に書いてある内容は導入部分だけで繋がりや背景を深掘りしながら理解するにはインターネットが欠かせないし云々……と反論したくもなったが、というよりそんなことを親にさんざん言って反発してきた。ここではこの場の雰囲気を読みながら現代的かつ最善の解決案をマダムに提案して少し大人になった姿を見せてくれ的な視線を父が浴びせてきたので、僕は次の案を提案した。

「鈴を付けるというナイスアイディアは使わせていただいて、ただ、それが付いていることも、鳴っていることもわからないようにすればいいんです。このスマホは特定のスマホ——家族のスマホの信号を受信する機能を持っています。これを利用して恵みちゃんがスマホを使っている時にお婆さんのスマホから特定の音や音楽が流れるようにすればいいんです。でもこれは恵みちゃんのプライバシーの侵害になるかもしれませんし、そもそも勉強のためにスマホでインターネットを使うのは当たり前ですし、そんなアプリを使うよりもゲームをしているんじゃないかとか心配だと一度言葉で伝えたほうがアナログだけど解決が早いと思います。使うか使わないかの判断はお任せします。アプリは数時間でできますし」

マダムより興味深く聞いていたのは四人の大人で、シゲハルはそのアプリを全国の受験生を持つ親に無料で配布して、しかし音源はマロの楽曲にしてサブスクで稼げるぞといって腕組みをしたまま遠くを見つめて深く頷いた。

「ここだグレート」について少し補足したい。この街で発せられた音は自治会長四人により毎日膨大なデータが記録され続けている。生成ＡＩを使ったプログラムは日々その精度を自らの手により自動的に向上させている。集めた音データと樹木の持つ情報をマッチングさせて探し物を見つける仕組み。桜にぶつけた車の音を近所の車のエンジン音と一致させたり、泥棒の発した声を近所のアジトに潜む人の声と一致させたり、理論的には問題ないんだけど、それは本当に樹木の持つ記録を処理しているのだろうかと僕は疑問だった。実は父さんの初雪の日の告白は「告る君」の開発の時にデータ収集済みの情報で、二〇〇〇年にカズコさん、二〇〇二年に母さんに、父が二回告った過去を知っている。僕は「ここだグレート」がどんな回答をするか楽しみにしていたけど、二〇〇二年に「雪は降らなかった」と言って偽条件を追加すると二〇〇〇年の初雪のことだけを報告した。そう、明らかに事実と違うのだ。樹木からの情報は使用していない。僕の偽情報に反応して答えを変えたということは、生成ＡＩの思考が介在していて、たぶんこのアプリの生成ＡＩは膨大なデータと与えられた条件をもとに推理小説を書くように犯人を突き止めたのだろう。やっぱり最初に何ら責任も持たないと言っておいてよかったとつくづく思う。

「物語は想像で描くから想像を超える作品に出合えることはなかなかない。毎日報道される事件や事故といった悲しい現実はどれも想像を超えるもので信じられないものばかりだ」

シゲさんがいつか言っていたな。このままだと「ここだグレート」はどこまでも進化するだろう。やはり今のうちに制御をかけるべきだろうか？

そんなことを考えていた時、「ここだグレート」はやらかした。

悪の手先

よく晴れた日、野毛山公園の展望台で望遠鏡を覗き込む二人の男がいた。そこに三歳くらいの女の子が近づいてきて「どうしておじさん、スカートなの？」と一人の女装男に聞いた。女装男が「あっちへお行き」と舌打ちをした後で連れの母親を睨みつけると、子供と母親は足早に去っていった。

　この街は二十年ぶりだ。しかしそれまでずっとこの街にいたわけではなく全国各地を転々としていた。二十年前は、四回目の逮捕の前で戸部に住んでいた。生まれは石川町、中学を出るまでいた。まあこの街が故郷だ。男は昨夜この街に戻った。野毛で飯を食い、吉田町のバーで酒を飲んだ。レッド・ツェッペリンが言葉を遮る音量で流れていて、時が経つのも忘れてただグラスの氷を眺めていた。午前三時を過ぎた頃、気づくと隣に女が座っていた。酔ってはいたが女装家だと男はすぐにわかった。バーボンのソーダ割りを一気に飲み干すと女装家は口を開いた。

「ねぇ、あんた今夜泊まるとこあるの？」

　使い古した言葉だと悟られまいとする上目遣いの表情が、男の酔いを加速させた。女装家は、「もう二時間もあんたの隣で飲んでいるのよ」と言った。

「ねぇ、聞いているのよ。答えてよ」女装家の声がやや大きく強くなった。

「あぁ、聞いているさ。ところでお前、望遠鏡持っているか？」

「望遠鏡？　野毛山に星でも見に行こうっていうの？　あいにく今夜は曇りよ。あたしの心の中とおんなじ」

「……」

「あ、待って、昔使っていたビクセンの天体望遠鏡が押入れの奥に仕舞ってあるわ」

「お前の名前は？」

「ナンシーよ」

「そうか、明日の昼にそいつを野毛山公園の展望台に持ってきてくれ」

男はそう言い残すと店を出ていった。


「あんたのその秘密めいた態度が気になって、ここまで望遠鏡担いでやってきたのよ。まずはお礼くらい言いなさいよ」

男は、悪くないと言いながらさっそく望遠鏡を覗き込んだ。

「さぁ、お前も覗いてみろ。ランドマークタワーの展望台からこっちを見ている人がいるから」

ナンシーは、展望台の太った女が同級生に似ているとはしゃぎ始めた。男はそんなことはどうでもいいと切り捨てると東南に広がる山手町の街並みを眺めた。

「そうだった、フェリスの脇のノッポな木、樹齢四百年のタブノキがこの家の目印。

白い壁のデカい家。そう、ここだ」と言いながら男は、ナンシーに望遠鏡を覗くように肩を抱き寄せた。

「この婆さん知っているか？」

「知っているわよ。山手町の自治会長、この辺の人は誰でも知っている有名人よ」

「金持ちだろ」

「食品の輸入会社を経営していて、まあこの辺りでは指折りの大金持ちだわ」

「お前、口は堅いか？」

「何よ、いきなり」

「教えてほしいか？」

「だから何をよ」

男は盗みが仕事だと語った。前科があり、すべて窃盗罪で捕まり服役した時間も長い。ふと二十年ぶりにこの街に戻ったら、昔の仲間が皆刑務所に入っている。訳を聞いたら皆この街の自治会長の密告で逮捕されたことを知った。正確には宇賀神会長が作った「ここだグレート」によって悪事を暴かれた。捕まった仲間には世話になった人も多く、盗みの師匠もいる。だから、まずはその「ここだグレート」というアプリを使えなくすること、そして堂々と宇賀神会長の自宅に盗みに入って鼻を明かしてやりたいと語った。

「ミスターアウトロー、危険な香りがプンプンね」そう言いながらナンシーは涙の向こうに見えるぼやけた男の背中にそっと抱きついた。

「ジョージ」

「誰がジョージだ」

「いいの、あんたは私のジョージ。あたいがあなたの力になってあげる。あたいねぇ、『ここだグレート』のことよく知っているのよ。知り合いの十六歳の男の子がプログラムしたの。最初は迷子の猫探し用のアプリだったけど、アプリ自体に学習機能があって泥棒も捕まえるようになったのよ。もう、この街では有名な話。でもジョージ、あんたって本当にラッキーよ。あたいあのアプリが何をどうしてどう動いているか想像つく。だからプログラムの書き換えなんかへっちゃらよ。だからあたいに任せて」

数日後、伊勢佐木町交番の酒盛巡査から「逃亡者」のKへ連絡があり、マダムがパチンコ屋でスマホを失くし駆け込んできたと言った。シゲハルはすぐに交番に向かった。千尋はGPSで「ここだグレート」の位置を探した。位置情報が確認できたのは数時間後で、マダムの家のマリーちゃんのキャットウォークで見つかった。

　次の日の夜、マダムは都内で開かれたパーティーに出席、マリーちゃんは本牧のペットホテルにお泊りし、息子夫婦と恵みちゃんは逗子の別荘に出かけていて山手の宇賀神邸は静けさに満ちていた。突然マダム宅の玄関のオートロックが解除され、鼻歌を口ずさみ男が土足のまま上がり込む。男は黒ずくめのジョージだった。ジョージはマダムの寝室へ向かい、貴金属をバックパックへ投げ込んだ。そして階段の手すりをスルリと滑り降りると書斎の大きな書棚の奥にある隠し扉を開けた。暗証番号を入力すると金庫が開き、そこには一〇キロの金塊が輝いていた。ジョージはそれを何度も数えながらタオルにくるみバックパックへしまい、三分のアラームがなる頃には山手本通りを歩いていた。

　翌朝、マダムが「逃亡者」へベントレーでやってきた。昨夜泥棒に入られたのは間違いないが、「ここだグレート」にも防犯カメラの映像にも何も情報が残されていない。これはどういうことかしらと、盗まれたもののことよりもあるべきはずのデータがないことにかなり困惑している。

千尋が「ここだグレート」のプログラムとデータの検証をおこなうと、誰かに事前にこの事件に筋書きが書き込まれ、事後は起こったストーリー自体が書き換えるように仕組まれていたことがわかった。さらに、犯人の声や足音など一切のものが消去されていた。だからいつもと違い、何も手掛かりは出てこない。今や「ここだグレート」のことはこの街の多くの人が知っている。プログラムは公開しているし、書き換えプログラムなんて誰でもできる。便利に使っていた道具が壊れるのならまあいい。しかしこれは道具に裏切られたんだ。千尋はマロとシゲハルに告げると足の震えが収まらないと打ち明けた。

犯人も捕まらないままひと月が経ったある日、マダムが「逃亡者」へ電動シニアカーでやってきた。理解のできないことが起こり、身体もそのことを受け入れられなくて食欲もなく体重も減ったと言い、いつもの元気はなかった。マダムは千尋にスマホから一枚の写真を見せた。犯人が残した遺留品だった。手帳の切れ端で、そこには数字が書かれている。玄関のオートロックの番号と、金庫の番号だった。残されたものはこの切れ端と二八センチくらいのスニーカーの足跡。「どうして誰も知らないはずの暗証番号を犯人が知っているのか」とマダムは言った。千尋は「ここだグレート」

には暗証番号のピポパ音が記憶されていると言い、その情報はマダムがスマホを失くした時に誰かに抜かれ、マリーちゃんのキャットウォークで見つかったのもその暗証番号を試すためにすでに家に侵入したためだと言い、その時に「ここだグレート」が証拠隠滅プログラムへ書き換えられたと思うと告げた。このメモは犯人のスマホの充電がなくなった時のために手書きのメモを念のため用意したんだろうと千尋は思った。

千尋は、シゲさんの目が、そう、辰男さんの書いたリクエストハガキを見た時と同じだと感じた。右手の人差し指と親指で下唇を挟んでいるし、とても落ち着きがない。するとマダムが店を出ると皆を手招きし、一気に話し始めた。

「いいか、よく聞け。マダムが持っていたあの暗証番号が書かれた数字。あの筆跡には見覚えがある」

「えっまた？」千尋がつい口を挟んだ。

「そうだ、しかしこれは郵便配達時代の記憶じゃなく、中学校の時の記憶。いいか、この数字の3は真ん中の折り返すところがバネのように丸い弧を描いている。2も同じ。そして9がもっと特徴を表しているけど、丸の始まりが左からで、アルファベットのPみたいな形。これは中学の頃番長だった後藤冬樹の書いた字に間違いないんだ。ほら、出席番号が俺の次で後ろの席に座っていて、後ろを向いて奴の書いた数字を逆に見た時、9は反対から見ると6に見えるはずなのに奴は9の書き方違うからdにしか見えないってよくいじっていたんだよ。でもよく聞け、それを証拠づける話があるんだ。今朝イセザキモールで彷徨うキャサリンを見つけたんだ。そしたら一人息子のナンシー・スワンなんとかっていう……そう、その雅男が男と駆け落ちしたって言うんだ。キャサリンがもう試合後のボクサーみたいに目腫らして泣きじゃくってさぁ。その男って言うのが後藤冬樹だっていうのよ。ひと仕事終わったからこの街にはもう用はないって後藤の後ろ姿を追いかけて出て行ってしまったんだってよ」

「後藤ならやるかもなぁ、本職だしな。でもそんなにプログラム詳しいのかなぁ」

Kが言うと、千尋が「雅男さんは中華街で占いやっていた時に自分で占いアプリをプログラムしていて技術はプロ級だと聞いたことがある」と言った。

失踪

辰男の行方がわからなくなった。辰男は名古屋のライブを自ら中止した。理由は前日からSNSで拡散された「青山ロバートはやっぱり死んでいた」説によるもの。誰かの手によりネットの記録が（死亡）→（軽傷）→再び（死亡）へと書き換えられたのだ。千尋は自分にできたのだから、誰でも再び書き換えることは可能で、誰がやったかもわからないし、もしかすると遠い未来から書き換えをしているかもしれないと言った。しかし、どんなことが起ころうと辰男さんは正真正銘本物なのだから動じることなく堂々と歌えばいいと付け加えた。すると元はそんな簡単なことじゃすまない気がすると358氏からのメッセージを転送した。

〈元さん、千穂さん、『逃亡者』の皆さん、いつも青山ロバートを支えていただきありがとうございます。ファンクラブ代表としてお礼申し上げます。実は皆さんにお話ししなければならないことがあります。私と青山ロバートが出会ったのはデビューの時ではなく、青山ロバートがまだ「チェリーズ」というデュオの頃に遡ります。当時、私は明大前で迫屋という食堂を営んでおり、二人組の一人オオタアオイがうちの店で配達のアルバイトをやっていました。そこへ辰男が店に食事に来たことで二人は出会いました。同じ年の高校生で背格好も笑った顔もそっくりでまるで双子のような二人は、毎夜辰男のアパートで歌い、プロを夢見る日々を過ごしていたようです。そしてオーディションでレコード会社の目に留まりプロへの道が決まりました。二人は双子のデュオという設定でデビューできると思っていましたが、レコード会社の方針で作詞作曲をしたオオタアオイのみを青山ロバートという芸名でデビューさせました。しかし辰男はそこで離れたわけではなく、影武者としていろんなシーンの代役をやっていました。その後の青山ロバートの活躍はご存じのとおりです。そして三十年前の事故で青山ロバートことオオタアオイは亡くなってしまいました。その時のファンの青山ロバートロスは想像を絶するもので、悲しみは果てることはありませんでした。その頃から私は、いつか嘘でもいいから辰男に青山ロバートの歌を歌ってもらいたいと思っていました。そしてずっと辰男のことを探していました。迫屋は十年前に廃業し、私は現在石川町に住んでいます。昨年、辰男のお父さんの葬儀で彼を見つけました。彼はこの三十年どこかの街で誰かの名を騙り隠れるように生きてきたそうです。「横浜の人は俺が青山ロバートだと思っている。だからもう表に出て生きていけないんだ」とその時彼は打ち明けてくれました。もうそんなことは気にすることない、誰も責めたりしない、だからもう一度皆に歌声聞かせてくれと頼みました。しかし頑なに彼は拒みました。そして私は昔、二人が迫屋のカウンターに置き忘れたラジオ番組へのリクエストハガキを、彼の復帰の引き金にしていただけないかとの願いを込めてシゲハルさんの置き忘れた本に忍ばせたのです〉

円卓が何回転もしたような目眩《めまい》が皆を襲った。三十年という時間を一気に遡り記憶を書き換えることはこんな感覚なのかとシゲハルが言った。元も千穂もやっぱり歌声に区別がつかないので、いまさら別人と言われても……と困惑している。Kが被害はたぶん俺たちだけで事件性はないのでここは皆で笑ってすますしかないなと言い、皆四時の空席をいつまでも眺めた。

デート

京子から、今度の日曜日どこかへ連れていけとLINEが届いた。土日は絶対バイト主義の京子が、どんな心境の変化なのだろうか。それとも何かあったのか。いやこれは脈ありの兆候だと脳裏に入力してみた。〈鎌倉へ行ってレンタサイクルで江の島まででって言うのはどう?〉と返信すると、〈いいねぇ、何時にどこ集合?〉とすぐに返信が来た。これは完全に浮かれてもいいよのサインだ。僕は二時に座る読書中のおじさんに、モンテブランチケーキとウィーンのコーヒーをご馳走した（マロの払いで）。ニコニコしていいことあったのか、と聞かれたが、数学の小テストが満点だったと嘘を言い誤魔化した。で、この時のためにかねてより開発中だった「告る君2・0（告られる人のそのタイミングがわかるバージョン）」を急ピッチで日曜までに完成させなければいけなくなった。「告る君ベーシック」はインターネットボットの活躍で全世界の男心のサンプリングに成功し、まだ実績はないがいいアプリに仕上がった。しかし、「告る君ベーシック」は前回の失敗で京子から使用禁止令が出ている。だから、その裏をいこうと考えたのが〝告られる人が今告ってほしいというタイミングを知らせてくれる〟願ってもない画期的なアプリだ。だが問題も多かった。女心のサンプルが世界には少ない。インターネットボットもお手上げだ。しかしとても身近にサンプル対象がいたことに気づき、半年前に生まれた元さんと千穂さんの子のベビーシッターを条件に協力を依頼した。千穂さんは強い味方だ。経験値も申しぶんない。で、ある事実がわかった。全部元さんと千穂さんの間でやり取りされた内容で、その場面を想像してしまうし、このことをこうして書いていいのかと思ってしまうけど、結論千穂さんが元さんのことが大好きと思う瞬間を状況（条件）↓身体の変化（体温や心拍数など）へ繋げて分析をした。まず語り掛ける言葉は相手だけを思う意味の言葉で、短いほうが体温の上昇が確認できる。母音は「あ」や「う」を強調する。愛（あぁい）とかジぃユゥテぇームぅとかラぁブぅとかサぁラぁンへぇヨぉとかでやってみると心拍数の変化も伴う。そして、極力静かな場所で囁くような声で、相手の集中力を高める発汗を促す。そのタイミングを分析し、京子のアプリは僕のスマホにアラートを送る仕組み。これを京子のスマホの「告る君」アプリにバージョンアップすれば準備は完了だ。

日曜日、現地集合はやめにして石川町駅で待ち合わせた。ホームで電車を待っていると向かいのホームに中学の時の同級生がいた。

「久しぶり！　でもお前ら付き合ってんの？」と声をかけてきた、どうしよう？　なんて答えれば？　と思っていたら、「そだよ～、嘘だけど（笑）」と京子が大声で奴らの攻撃をかわした。

「千尋、何照れてんの？」答えを返せないでいると電車のドアが開き、京子に背中を押された。

　横須賀線の車窓から大きなビルが急に姿を消し、背の低い住宅や緑の街並みが現われ、大きな空の向こうへ僕らはどんどん進んでいった。

「うわぁ、久しぶりに遠足みたいで楽しいね。富士山見えると良いね」

（ぶぶぶぶ　ぶぶぶぶ）

京子の愉しそうな声に続いて、千尋のポケット中からスマホのバイブがサインを送ってきた。これはリラックスしている状態。よしよし。

そこで、（ぶぶ～ぶぶ　ぶぶ～ぶぶ）は「もうすぐだから準備！」（ぶぶぶ　ぶぶぶぶぶぶぶぶぶぶ）は「今告ってほしいの！」の三つのサインを用意した。

鎌倉駅に着き、鎌倉小町通りでアイスを食べた。すると突然（ぶぶ〜ぶぶ　ぶぶ〜ぶぶ）とバイブが準備しろのサイン。えっまじ？　こんなところで？　すると（ぶぶぶぶ　ぶぶぶぶ）とさらにバイブが知らせてくる。たぶん奴にもからかわれているのかもしれないぞ、千尋落ち着け。

鶴岡八幡宮でお参りをして、レンタサイクルを借りて海へ向かった。降り注ぐ太陽の下、潮の香り、波の音、どこまでも続く海岸沿いの道を走った。京子の鼻歌が聞こえなくなり、背中がどんどん小さくなっていく。足とサドルの尻が痛くなった。運動不足、基礎体力の違いを見せつけられた。下り坂で何とか追いつき「もっとゆっくり走って」と叫んだ。その時京子のペダルが止まり、バイブがサインを出した。今度は三三七拍子？　京子に追いつくと「おめぇ、おせぇよ」と言われた。息切れして水補給。そういえばあの時、意味わかんなかったけど千穂さんが息切れ注意って言ってたな、たぶんこのことだ。

江の島の小高い丘の中腹にあるカフェに立ち寄り休憩。Kさんのおすすめの店で僕はラテ、京子はアールグレイと今日のおすすめ産直リンゴのカスタードタルトを頼んだ。窓からは遠く海の向こうに逗子や横須賀の山並みが見える。カウンターの脇に一枚の絵が掛けられていた。この江の島を包むように富士山がそびえ、その頂には真っ赤な夕日の冠が光っている風景画。マスターは僕らの視線に気がつくとそばに来て窓の外を指さした。

「この絵は、ほら、この指の先に海岸が見えるでしょ。小さなヨットの帆がいくつも見えるでしょ。逗子海岸。あそこから見た風景で、江の島と富士と夕日が一直線に綺麗に並んで見えるんですよ。年に何度もないけれど、一度行ってみると良いですよ。ここからの風景も僕は大好きだけど、逗子に住む人も負けないくらいにこの景色を愛しているそうですよ。そう、この作家は北英明といって湘南や横浜の風景を多く描いています。彼が描くこの上なく美しい情景を見るのが私は好きなんですよ」

マスターの話は勉強になったが、それよりもバイブがサインを出していて、これはロマンチックなマスターの語りに少女がほろっときた時の感情に反応したというか、そこに少しマスターに嫉妬している僕がいるというか、なので告るところではないとジャッジした。

「千尋、夕日に間に合うようにこれから大急ぎで逗子海岸に向けて出発！」と京子が号令をかけた。マスターを上目遣いに見て「行ってみたいな」と得意の社交辞令で言ったとばかり思いこんでいたので大驚き。時刻は現在十五時五十五分。本日の日没をSiriに聞き逆算開始。十六時十三分にここを出れば間に合う予想。鎌倉駅まで九キロの道のりを時速一五キロで三十六分、逗子駅から十七時五分発の電車に乗り逗子駅二十分着、海まで徒歩十五分くらいかかるけど富士山頂が夕日を冠る予想時間の十七時五十分には間に合うはず。鎌倉駅まで三十六分自転車こぎ続けるのは自信ないけど。

「千尋、夕日が見られたらね、いいものあげるから、さあ行くぞ！」と言い、二人は江の島を後にした。

　間もなく夕暮れ時を迎える逗子海岸は、素人カメラマンでごった返していて、千尋が想像していた果てしなく続く砂浜に二人の影が云々という光景は想像だけで終わった。

「たぶんあそこの一〇メートルくらいの幅がセンターラインで、あそこを外れると一直線にならないんじゃない？　カメラマンがうようよだし、でも今日がその一年に何度もないダイヤモンド富士の日だってことだよね。千尋、私たち、なんという幸運の持ち主なの？　たぶん私だけだけど。さぁ、早く場所取りしてきてよ」

「大丈夫、今日は大潮でもうすぐ潮が引き始める。そうするとカメラマンの三脚の列の前ががらりと空くからそこにすかさずヘッドスライディング決めればいいと思う」

「千尋、さすが、すばらしい、ナイスアイディア。まあ、あんたが滑り込むんだけど」

遮るもののない真っ赤な夕日が目の前で沈んでいく。波間に刻まれた一直線の光が僕らの未来へ続く道を示しているようで暖かい気持ちで満たされる。京子の瞳も頬も赤く染まっている。一足先に西へ向かう鳥の群れが頭上を越えて光の彼方へ消えた。

やがて丸く大きな太陽がゆっくりと富士の頂に飲み込まれていき、光は至高の輝きを放っている。

後ろにカメラマンさえいなければ……と考えていると、

(ぶぶぶ　ぶぶぶ　ぶぶぶぶぶぶぶ、ぶぶぶ　ぶぶぶ　ぶぶぶぶぶぶぶ、ぶぶぶ　ぶぶぶ　ぶぶぶぶぶぶぶ)

カメラマンにも僕にも聞こえない三三七拍子だった。京子はおもむろにスマホを取り出し、二度見したまま視線は固まり静かに口を開いた。

「千尋、この『今告ってほしいの！』ってアラート何？　あんた私に告ってほしいっていうこと？　それにさっきから三三七拍子が止まらないんだけど！」

このアラートは、千尋のアプリが発する千尋の気持ちを京子のアプリが受信したもので、京子の「告る君（告られる人のそのタイミングがわかるバージョン）」が逆に動作した状況だ。つまりバグ。

僕はこの後、罰として逗子駅までうさぎ跳びを命じられた。

さようなら、マダム

マダムが亡くなった。僕は棺の中の人を見るのは初めてで現実感には程遠く、なんとなく心の違和感が強い。のどに何かが挟まっていてずっと呑み込めない感じ。そもそも、もう怒鳴られたり、笑われたり、二度とあのおしゃべりを聞けないということが信じられない。マダムはただ眠っているようにしか見えないし。宗教的に考え、魂だけがちょっと散歩しているだけなのだろうと考えると、少しこの場に僕の心が馴染む気もするけど。まだ、マダムは温かかったし。そう、何日かしていつものように「逃亡者」にコーヒーを飲みに来るかもしれないし。でもマリーちゃんは今どうしているのかな。このこと、知っているのかな。マダムは病院からここに来たからやっぱり知らないかもしれない。ねぇ誰か伝えなきゃ、早く。

あの泥棒事件の後、マダムは機械が発する情報を全く信じなくなった。病院で検査しても何が正しいかわからないと治療を拒んだ。お見舞いに行った時、情報には正しいものも間違ったものもあるから自分で見極めなきゃいけないとマダムに言ったが、電子計算機が間違った答えを出すことはあり得ないと反論した。だから日本のメーカーは世界に負けたのよと僕に言った。


葬儀を終え、皆円卓に戻ってきた。ベビーカーがあるからフロアの隅のほうがいいと、十二時の位置に元さん、十一時にベビー、十時に千穂さんが座り、二時にマロ、四時にシゲさんが座った。六時想定の辰男さんの姿はない。僕は八時の席で誰かに画面を覗かれることもなく、猫との会話を楽しむ『ニャンと翻訳機』のプログラムを始めた。

やがて僕が十二時に座る時が来るのだろうか。そう、これまでは父が、今は元さんがすべて見渡せる席に座っている。その頃の景色がどう変わっているか僕にも生成AIでもわからないけど、今この円卓は僕にとって何も縛るもののない自由な発想ができる場所。十二時に座る頃には僕にも子供がいて、四時に座る頃には残された人生について深く考える時期を迎えて、一周する頃にこの円卓の入り口が出口へ変わるのだろうか。たぶん一周するということはそういうことなのだろうと思う。生まれた時のことなんか覚えてないけど、この円卓で会話が途切れるとシゲさんが僕の幼い頃の話を始める。隣の家のジョンに噛まれて頬を二針縫った話や、米屋の配達の荷台に忍び込みそのまま眠って仲町台まで行ってしまってKさんにパトカーで迎えに来てもらったことや、もちろん二五〇〇グラムで生まれた時の話も、もう何十回も聞かされた。この円卓での時間には、僕の記憶がすべて詰め込んであり、明日も僕の記憶のためにみんなが記録を続ける。昔のアナログレコードと同じ理論だな。出来事を針で刻み記憶する、そして同じ針を使って思い出を再生する。シゲさんが一曲目の頭に針を落とすのは不器用だから苦手と言ったことがあるな。人は昔のことから順に忘れていく。なんとなくわかる気がする。

　葬儀では父は楽団の人とヴァイオリンの演奏でマダムを送った。二番目の曲は聞き覚えがあるような気がして父のほうに目を向けた。父は涙を堪えているようにも見える。父さんも白髪だらけで年を取ったな。そういえばマダムの皺くちゃな手はまだ温かかった。いやピンク色の頬も温かかった。いやマダムは温かい、ずっと。子供はお勉強しなさいとまた叱ってくれるんだよね。そんなことを考えていたら突然涙が出てきて目の前がぼやけて見えた。隣にいた母と後ろにいた京子が同時にハンカチを差し出した。

帰り道、父が二曲目はビリー・ジョエルの"New York State of Mind"という曲だと教えてくれた。故郷への思いが歌われていて、マダムは本当に横浜を愛していたからねと言った。

毎朝僕はバスに乗って「逃亡者」へ向かう。学生や社会人に交じってやや混みこみのバスに乗る。山手本通りを歩いて「えの木てい」の前を通りかかると、古いエノキの木にスマホの「ここだグレート」が反応しアラートを鳴らした。〈マリー発見!〉の文字、辺りを見渡すと元町公園バス停の前に六角形の公衆電話ボックスがあって、その屋根の上からマリーちゃんが僕のほうを見ている。マリーちゃんはあの時のようにずっとニャーニャーしゃべり続けていたが、視線は僕を見下ろしたままだった。僕がそばのベンチに座るとマリーちゃんが近づいてきて、僕の横に腰かけた。マダムと同じ匂いがしたからかもしれないが、僕は初めて猫を撫でてみた。想像よりも温かく、想像よりも固かった。マリーは僕のポケットに顔を突っ込み、スマホをたぶん舐めている。さっき明太おにぎりを一つ食べたからそのご飯粒でも付いているのかと思ったけど、たぶんマリーは「ここだグレート」を使ってマダムを探してと言っているのかもしれない。そう思うと僕はなんだか急にマリーに頬擦りしたくなった。

リクエスト／レスポンス

一週間ほどして「逃亡者」へ石川町の製麺所の社長から連絡があった。蒲郡公平と名乗る男が引っ越してきて町内会費を払いに来たというものだった。日本語を普通に話すが外国人にも見えるふうであきらかにあの辰男ではなく、まあ一応情報と住所を告げた。シゲハルは千尋を連れ、男のところを訪れることにした。

石川町のひらがな商店街のコインランドリーの二階に男の部屋はあった。製麺所もうなぎ屋も宝湯もこの通りにある。シゲハルは、もしかして辰男が心機一転して再起を図る場所にここを選んだのかもしれないと千尋に言った。夏は中村川の涼しい風が窓を開けると流れてきて、冬はコインランドリーの熱気で暖房要らずのいい部屋だとシゲハルは教えてくれた。店の脇の路地を進み、裏手にある木製の階段を上がった。入り口に二世帯分の古い鉄製のポストがあり、白い紙切れに（二号室　蒲郡公平）と手書きされている。「やっぱり違うかもな」とシゲさんは呟き階段を上っていく。外灯もなく薄暗い階段をギシギシと音を立てて進むと、さほど明るくない小さな窓から高速道路の車の音と街の喧騒だけが飛び込んできた。

二号室、ベニヤ板の剥げかけた玄関扉のすぐ横にキッチンの格子ガラスの窓があり、その上に開いたままの換気扇があった。低音の欠けたラジオの音が聞こえるだけで、他は何も聞こえない。シゲハルがドアをノックした。一度目のノックでラジオの音が小さくなり、二度目のノックの音で驚いたような男の声でヘイと聞こえ、足音が近づいてきた。

ドアが開いた。父やシゲさんよりも少し年上のおじさんだった。青い目をしていて鼻筋が通っていて、小顔で外国人だった。白髪の割合は父やシゲさんと変わらないけど。シゲさんも戸惑ったようで「スミマセン、ニホンゴイイデスカ」と男に話しかけた。男はああもちろんと言い、どんな御用ですか？　と普通に話してきた。その人のその一瞬の笑顔に僕の緊張が少し解けた気がした。

辰男という友人がいて、辰男は訳があってあなたと同じ名前を騙っていて、その辰男がいなくなり、探していてここに来たとシゲさんは男に告げた。男の表情が急に変わり、部屋の中に僕らを招いた。部屋の中には何も置かれていなかった。キッチンには小さな冷蔵庫と一口コンロ、その上に小さな真新しい鍋が一つ、四畳半ほどの広さのこの部屋にはコタツと隅にラジオが置いてあるだけ。押入れの戸が少し開いていて、上段には布団、下段に二十枚くらいのレコードが見えた。たぶん隣の部屋にすべての生活用品が仕舞ってあるのではと思ったが、他に部屋はなさそうだった。シゲさんがレコードを見つけて、「辰男はこのビートルズが好きだった」と言うと、男は懐かしむようにゆっくりと笑みを浮かべて話し始めた。男は、いや蒲郡さんは同姓同名というか辰男さんの騙る蒲郡さん本人で、三十年前から名前というか戸籍というか、今でいうマイナンバーなどの個人情報を辰男さんに使わせていたそうだ。そして数週間前に辰男さんから名前が返ってきて、辰男さんが掛けてきた厚生年金の受給も始まりここで生活を始めたのだという。ここまでは僕もシゲさんも想定内だったが、ここから蒲郡さんは、僕らの想定外の自らの人生について教えてくれた。実は辰男とは本当の兄弟なのですと語りはじめ、蒲郡姓は辰男のお母さんの旧姓。蒲郡さんのお父さんは横須賀海軍に所属する在日米軍兵で、蒲郡さんが生まれたが結婚する前に二人は別れた。お母さんはその後、宝湯の田中家に嫁いだが、蒲郡さんは大磯の養護施設に預けられた。十六歳で施設を出て本牧の自動車整備工場で働くが二十歳の頃に辞め、その後はギャンブルと日雇い仕事でこれまで生きてきた。辰男が三十年前、あのバイク事故の後、どこか違う土地で兄さんの名前を借りて生きてもいいかと言い「兄さんには決して不自由させないから」と毎月給料の中から仕送りし、厚生年金や生命保険もかけていた。辰男さんと蒲郡さんを会わせてくれたのは大磯の養護施設の理事長で、それが山手の自治会長だったマダムだとのことで、僕もシゲさんもかなり驚いた。というか、辰男さんがいなくなる前、皆で集まった時にマダムが辰男さんのことについて何も触れなかったことが腑に落ちた。人が歩んできた道というか歴史は人の数だけ色々あって、それをひとまとめに人生と言うんだなと言うとシゲさんは「そのまとめ方が一番難しいけどな」と教えてくれた。

辰男さんが中学時代に皆の前でビートルズを弾き語りで聞かせてくれたことを言う

と、蒲郡さんは「その曲はレコードをカセットテープに録音して誕生日にプレゼントしたものだ」と言った。次の蒲郡さんの誕生日には、辰男さんの弾き語りで何曲か演奏されたカセットテープが送られてきて、風呂屋のエコーが効いた歌声は良かったが、身体を流す音や親父の濁声も聞こえてきたと懐かしく語ってくれた。「番台にはいつもおばさんが座っていた」とシゲさんが言うと、羨ましいと蒲郡さんは呟いた。蒲郡さんは、鴨川の施設に暮らすお母さんには何度か会いに行ったそうで、「今は辰男さんが世話してくれて何も不自由なく暮らしている」と話すと、私はあんたには不自由させたね、でも安心したよと言われたと教えてくれた。

辰男さんは青山ロバートも田中辰男も蒲郡公平という名も失い、具体的には身体はあるけどマイナンバーカードがない状態だ。好きなことをして生きていくのも歳をとると限界があると思う。誰でもいつか家族や街の人に支えられて生きていかなければいけない時が来るのではないかと思い、シゲさんに聞いた。

「身体はここに存在するがマイナンバーカードがない状態か。千尋、お前も難しいことを言うようになったな。いいか、教えただろ。想像と現実の境界にのみ物語の、そして人間の存在意義があるってな。まだよくわからんだろうが、確かなことは俺たちが辰男を探し出してこの街に呼び戻すことなんじゃねぇか？」

僕もそれがいいと思った。その想いを伝えるだけでもいいと思った。まあデータ社会だから実在する人のデータは必ずどこかにある。いつかきっと見つかるさ。しかし、蒲郡さんに会って、辰男さんのこともそうだが、京子のことも気になった。京子のお父さんも横須賀海軍に所属していた元在日米軍兵だった。今はお母さんと二人でこの街で暮らしている。僕よりも賢くてスポーツもできて友達も多くて、まあ、すべてにおいて僕より経験値も多くて強者だけど、蒲郡さんの話を聞くうちに京子のことも気になった。


土曜の昼下がり、千尋と京子がシルクセンターにあるドラッグストアで買い物をしていると、通りの向こうにある開港広場公園の辺りからキラキラとした光が差し込んでくる。太陽の光を手鏡で反射させたような、でもそれは不規則な動きではなく明らかに二人を狙った光だ。千尋が左手でその光を遮ろうとした瞬間消え、そこから男が手招きをするのが見えた。

「そのポータブルラジオが光っていたんですね」

　噴水の前のベンチに腰かけていたのは、辰男の兄蒲郡公平だった。千尋が京子を紹介すると「君たちの登場を待っていたわけではないけど、少しだけ一緒にこのラジオを聴いてくれないか？」と蒲郡は音量を上げた。

〈はい、横浜マリンタワー展望広場から生放送でお届けしているハマエフエムのＤＪりいちろうと！〉

〈アシスタントのあやかが！〉

〈お送りする「あなたもわたしもラブソング」、それではそろそろ最後のリクエスト曲紹介の時間になりました。そこで、ん？〉

〈りいちろうさん、どうしました？〉

〈いや、今は二〇二四年、ラジオ番組のリクエストも色々形を変えてきましたが、久々に封書のリクエストですねぇ。いや、ちょっと待って中にハガキも入っているぞ。リクエストといえば大昔はハガキ、それからファックスになって、最近はメールかＤＭでしょ？〉

〈そうですね。私はファックスをかろうじて知っている世代で、ハガキのリクエスト

は初見です〉

〈そうだよね。さて、このリクエスト、封書の中にハガキが入っていますので順を追ってご紹介いたします。

横浜市内にお住まいの蒲郡公平さんから。そしてその封書の中には手紙が入っています。では――「毎週楽しみに拝聴しています。実はリクエストとは別にお願いがあって手紙を書いています。私には弟がいますが、先日居場所がわからなくなりました。兄弟ですがこれまで六十年近く、訳があって一度も一緒に暮らしたことはありません。しかし弟はこれまで人様のようにまともに生きることができない私をずっと支えてくれました。弟は子供の頃からラジオが好きで、この番組を今もどこかできっと聴いていると思います。同封したハガキは弟が十代の頃に書いたリクエストハガキです。でもどういうわけか未発送の状態で先日見つかりました。公共の電波を使って恐縮ですがどうかこのリクエストハガキで私の気持ちを伝えていただければ幸いです」

なるほど、弟さんの居場所がわからなくなって、お兄さんとても心配されているようです。

では続いて、その弟さんが書いたリクエストハガキをご紹介しますね。差出人は世田谷区松原在住の明日野空さん。「あすのそら」とそのまま発音しましたが、お聴きでしょうか？　宛先はここではなく、郵便番号150―51……オッ、すごい！　五桁ですね。そして驚きなのは二十円の官製ハガキです〉

〈昔は〝官製ハガキ〟って言っていたのですね。二十円の料金は一九七六年から一九八一年までの五年間みたいです〉

〈そうですか。某公共放送の、誰もが知っている渋谷陽一さんの「サウンドストリート」という番組宛てですね〉

〈四十年もの時を超え、今リクエストが現実のものになるってことですか〉

〈そう、なんかスタジオにいる私たちもなんか感動しています。それでは明日野空さんからのメッセージとリクエストを読ませていただきます。

こんばんは、渋谷陽一さま
僕は、いやになるほどほぼ毎日渋谷の学校へ同じ電車で通っていますが、帰宅後はほぼ毎日渋谷の方向にラジオのアンテナを向けて渋谷さんの声を聴いてご機嫌な夜を過ごし、希望に満ちた朝を迎えています。いつもありがとうございます。

僕には大好きな兄がおり、ビートルズを聴かせてくれて音楽が大好きになりました。そしてこの番組であるアーティストの魅力を知りました。いつかは彼のようなミュージシャンになるのが夢です。応援してください。そして大好きな兄に、元気でやっているとメッセージをお願いします。さようなら。

う～む。そうですか。明日野空さん、聴かれていますか？　お兄さんのメッセージ届きましたか？　あなたの四十年前のリクエスト受け付けました。そして蒲郡公平さん、メッセージありがとうございます。僕にも兄弟がいますし、家族もいます。誰でも家族がいなければ生まれてくることもできませんし、生きていくこともできませんしね。お二人の再会を心から願っています〉

〈今度はラジオの前でご一緒にこの番組を聴いていただきたいですね〉

〈それでは兄の蒲郡公平さんと弟の明日野空さん、お二人からのリクエストです。ビリー・ジョエルの"New York State of Mind"をお聞きください〉

ジャジーなピアノの音色がラジオから流れ始めた。千尋はマダムの葬儀の時に父が送った曲だとすぐに気づいた。京子を覗くと大きな涙の粒が瞳から今にも零れ落ちそうに揺れていた。

やがて音楽がフェードアウトすると、隣にある横浜海岸教会の鐘が突然鳴り始め、数羽の白い鳩が空へと舞った。大きな扉がゆっくりと開き参列者が階段に連なりながら長いアーチをつくった。そこへ新郎新婦の笑顔と祝福の歓声がフラワーシャワーに包まれながら近づいてくる。

京子は千尋の肩にポツンと乗った一枚の花びらを右手で掴むと千尋の手のひらとそっと合わせた。

「ねえ、新郎の人、辰男さんに似てない？」
「お嫁さんよく見るとキャサリンさんだし、周りの人みんなアーガイル着てるし」
「あっ、キャサリンさんがこっち見てる。手招きしてる」
「めまいしてきた。千尋、逃げよ！」

本作品はフィクションです。

著者プロフィール

川越 喜右衛門（かわごえ きうえもん）

横浜市在住、ゴールデンレトリーバー系。ペンネームは江戸時代に飫肥（おび、現在の宮崎県日南市）で生きた高祖父の名から。続編執筆予定のためタニマチ求む。

ヨコハマ　エスケープ　ボーイ

2025年２月15日　初版第１刷発行

著　者　川越 喜右衛門
発行者　瓜谷 綱延
発行所　株式会社文芸社
〒160-0022 東京都新宿区新宿1－10－1
電話 03-5369-3060（代表）
03-5369-2299（販売）

印刷所　株式会社暁印刷

ISBN978-4-286-26184-3